时间塔
TEMPORAL TOWER

第一层
FIRST FLOOR

乱

RANDOM

CODE

码

文化发展出版社
Cultural Development Press

图书在版编目（CIP）数据

时间塔. 第一层·乱码/剧派网著. —— 北京：文化发展出版社有限公司，2019.5
ISBN 978-7-5142-2654-6

Ⅰ.①时… Ⅱ.①剧… Ⅲ.①长篇小说-中国-当代 Ⅳ.① I247.5

中国版本图书馆 CIP 数据核字 (2019) 第 105923 号

时间塔. 第一层·乱码

剧派网 / 著

出版人：	武　赫
策划编辑：	孙　烨
责任编辑：	孙　烨　肖贵平
责任校对：	岳智勇
责任印制：	杨　骏
责任设计：	侯　铮
封面设计：	郭　阳

出版发行：文化发展出版社（北京市翠微路 2 号 邮编：100036）
网　　址：www.wenhuafazhan.com
经　　销：各地新华书店
印　　刷：北京兰星球彩色印刷有限公司
开　　本：880mm×1230mm 1/32
字　　数：150 千字
印　　张：7.5
印　　次：2019 年 7 月第 1 版　2019 年 7 月第 1 次印刷
定　　价：39.80 元
ＩＳＢＮ：978-7-5142-2654-6

◆ 如发现任何质量问题请与我社发行部联系。发行部电话：010-88275710

目 录
CONTENTS

1 起始……………… 1
　　文/剧派网·风影

2 审讯……………… 7
　　文/剧派网·深自缄默

3 回忆………………15
　　文/剧派网·Tino

4 变天………………27
　　文/剧派网·嘎嘣脆

5 往事………………41
　　文/剧派网·惊马奔逃

6 黎明………………53
　　文/剧派网·惊马奔逃

7 失踪………………65
　　文/剧派网·深自缄默

⑧ 归来············ 75
　　文/剧派网·惊马奔逃

⑨ 破晓············ 93
　　文/剧派网·梁墨

⑩ 箭来············ 115
　　文/剧派网·惊马奔逃

⑪ 石破············ 133
　　文/剧派网·惊马奔逃

⑫ 牌局············ 155
　　文/剧派网·小逗号

⑬ 珍珑············ 173
　　文/剧派网·惊马奔逃

⑭ 须弥············ 195
　　文/剧派网·惊马奔逃

⑮ 因果············ 213
　　文/剧派网·惊马奔逃

① 起始

文／剧派网・风影

第一层·乱码

周末清晨的电话总是令人不悦——尽管阳光已经照进客厅,但对于任晓秋来说,只要自己还没有起床,便都还是"清晨"。

放在床头柜的手机"嗡嗡嗡"不停地振动着持续打转,最终"啪"的一声,掉到了地上。任晓秋有些暴躁地掀开捂着头的被子,捡起手机滑开了接听键,忍着嗓子里火辣辣的灼痛嘟囔了一句:

"谁?"

"……吵醒你了?"

莫名其妙的几秒沉默后,一个熟悉的声音从手机里传出——是程峰。任晓秋顿了一下,缓了缓情绪回道:"嗯,昨晚有事,还没起。"

"呵呵,是去约会了吧——你没忘记我们的约会吧?"对方的语气突然有些古怪,似乎有些嘲讽,又有些生气。

"约会你个头啊?跟你有关系吗?"任晓秋火气上冲,她觉得自己真是倒霉透了。昨晚在酒吧里被个陌生男人纠缠了大半晚,要不是因为要等着看那件事会不会发生,自己早就一个耳光扇过去了。然后发生的事情让她到现在也不相信是真的,她宁可觉得这是某种巧合。大脑一片混乱的任晓秋

❶ 起始

回到家，惊魂未定加上喝了许多酒，让她迷迷糊糊地怎么也睡不踏实。后半夜嗓子疼得厉害，吃了药好不容易睡着了，结果又被程峰的电话吵醒了。

似乎是感受到了任晓秋的火气，电话那端的程峰顿了一下，语气又恢复如常："你不是说下午四点半，老地方……"

"哦对，我想起来了。"任晓秋抓了抓凌乱的长发，略带歉意地问，"我是不是睡过了？现在几点了？"

"9：18……"

"程峰你大爷！我再睡会儿，别再吵我了，下午见！"任晓秋直接挂断电话重新倒回床上。

……

半梦半醒间，任晓秋听到周围有纷乱嘈杂的声音，像是有人在说话，又像是有什么机器在工作运转，断断续续，辨不出头绪。直到一束强光倏地照亮了任晓秋的周身——自己这是在哪？

任晓秋低头向下看去，结果却是一阵眩晕。她似乎身处在高塔的某一层又或者是悬崖的边缘，但诡异的是这座高塔的每一层都是一条街道。这样的街道在她的脚下一层层堆叠，直到消失在无尽的黑暗之中再也看不清楚。

任晓秋赶紧后退了几步离开了悬崖的边缘，站定身形后她难以置信地闭眼甩了甩头，再次睁眼时眩晕感已经消失。

第一层·乱码

此时她才看到身边的街道上时不时有人路过，但是这些人都看不清面孔，他们对任晓秋也视而不见，仿佛她根本不存在一样。

一阵没来由的心悸让任晓秋急于离开这里。她匆匆地顺着人流往前走去，但是很快她就发现，自己只是在同一条街道上不断地循环。

慌乱中任晓秋加快了步伐，她拨开人群跑了起来，这里的一切都让她觉得恐惧，似乎随时会跳出什么怪兽择人而噬。

突然任晓秋眼前一空，不知怎么她就跑到了悬崖的边缘。任晓秋惊叫一声想停下来，但是巨大的惯性还是带着她向悬崖外冲去。任晓秋徒劳地挥动着手臂，希望能抓住什么好让自己的身体停下来……

就在她半个身子都已经探出悬崖的时候，突然一只强壮的手从侧面拉住了任晓秋的胳膊，一把将她拽了回来。

死里逃生的任晓秋几乎全身脱力，她抬头向身边看去，只见一个人西装革履留着利落短发，只是戴着墨镜看不清相貌。

"谢谢，你是……"她的话头儿刚起，突然一阵强光又从背后射来，任晓秋惊恐地回头看去，却是一辆车正全速冲向自己！

"不！！"

凄厉的喊声在房间回荡，任晓秋猛然坐起。满头大汗的

❶ 起始

她咽了下口水,这才发现自己的手还举在半空中。

原来是场梦……

"糟了!"她抓过手机看了看,已经 16:00 了。任晓秋暗骂一声跳下床,从衣柜里抓出一条套裙就往身上套,却在余光扫到穿衣镜的时候愣了一秒,胳膊上的这块瘀青是什么时候留下的……

不过这个时候也顾不得多想了,任晓秋快速换好衣服,洗漱完毕,刚出门没走两步,手机的提示音嘀嘀嘀地响了好几声,任晓秋瞥了手机屏幕一眼,是程峰发来的邮件,一连三封,主题都只有一句话:

"晓秋!你看得到吗?我是程峰!"

"不要出门!立刻回家!"

"立刻回去!否则来不及了!"

"这个程峰,又发什么神经?"任晓秋一边腹诽着,一边小跑着直奔马路对面,打算上了出租车再打电话过去问个清楚。

可还没来得及将手机放回手提包,身体却在一瞬间被迎面而来的一辆汽车直接撞飞,剧痛袭来,让她周身动弹不得。在失去意识前,她在人群中看到一个身影:西装革履,利落短发,只是戴着墨镜看不清相貌……

② 审讯

文/剧派网·深自缄默

第一层·乱码

"姓名？"

"程峰。"

"年龄？"

"二十七。"

……

已经过了知天命岁数的赵云平双鬓间最近又添了不少白发，他斜倚在墙角面无表情，双眼因为常年缺乏睡眠而充血。右手粗糙的食指和中指间夹着一根廉价的香烟，透过弥漫着烟雾的玻璃窗，注视着审讯室里机械的一问一答。

他抬起另一只手揉了揉额角，然后猛吸一口烟，却因为太过用力呛着了。咳嗽了几声，吐出一口痰，掐灭烟头，微驼着背，推开了审讯室的大门。

正在负责审讯记录的年轻男警察连忙起身，他明显松了口气，把笔录递了过去。赵云平点点头示意他坐下，随手接过笔录，一边翻阅一边漫不经心地问道："程峰，你和任晓秋是怎么认识的？"

对面的年轻男子面色灰白，声音却颇为沉稳："三年前学拳击的时候认识的。"

"详细点儿，你们怎么在一起的？谁追的谁？"赵云平

❷ 审讯

似乎对这个答案很不满。

程峰的声音依旧沉稳:"她一个姑娘也学格斗让我很好奇,一聊之下没想到她也是做软件开发的。这让我们之间有了很多的共同话题。谈不上谁追谁,时间长了,自然而然就在一起了。"

说到这里,程峰死寂的眼神微微一动,浮现出些许的柔和,但很快又黯淡了,在噩耗面前,所有美好的回忆都化成了锋利的尖刀,刀刀扎心。

"然后呢?"赵云平追问。

"然后?"程峰深深吸了一口气,痛苦地喃喃道,"然后总因为一些鸡毛蒜皮的小事吵,矛盾积少成多,后来就赌气分手了。"

说到这里,程峰浑身一颤,似乎到现在还有深深的悔意和痛苦。

"既然都已经分手了,为什么今天还要约见面?"老刑警瞥了一眼程峰继续问道。

"不知道,"程峰语气恢复了平静,"是晓秋约我下午在老地方见面的。"

"你最后给任晓秋打电话,说了什么?"

"……是为了提醒她不要忘记下午的约会,因为我知道她周末有睡懒觉的习惯。"程峰的语气中透着伤感。

第一层·乱码

赵云平微微眯眼,双手撑在桌子上把身体探了过去,他逼视着程峰沉声道:"那下午4点前后,你为什么要给任晓秋发邮件阻止她出门?"

正处在悲痛中的程峰一振,疑惑地看着赵云平的眼睛问道:"邮件?我没给她发过邮件啊。"他本以为这次来只是配合调查,但似乎另有蹊跷。

这句话一说出口,程峰顿时感觉到气氛有些不对,不但眼前这位老刑警的目光更加冷峻了几分,连先前审讯他的那位年轻警察都有些匪夷所思地看着他。这让他更加茫然。

老刑警深呼一口气,拿起桌上黄色的档案袋,从里面掏出一个被透明证物袋包裹着的粉色手机,屏幕有些磨损破旧。程峰认得那是他送给任晓秋的生日礼物,他还记得当时任晓秋一边骂他怎么选了一个这么俗不可耐的颜色,一边毫不客气地收下了手机,眼角眉梢尽是掩饰不住的甜蜜样子。

只是当他看到手机上那三封邮件时,那些美好的回忆便瞬间破碎。

"晓秋!你看得到吗?我是程峰!"

"不要出门!立刻回家!"

"立刻回去!否则来不及了!"

左上角的发信人显示是程峰,时间是16:11。

程峰嘴唇有些颤抖,似是猛然想到了什么,刚要开口说

❷ 审讯

话时，老刑警已经面无表情地点开了发信人的资料，就是他程峰的信箱无疑。

程峰瞠目结舌地愣住了。

赵云平直起身子冷漠地看着程峰，就如同看待一条垂死挣扎的鱼："你发邮件的时候，任晓秋应该已经出门了，紧接着就发生了车祸，我很好奇，难不成你早就知道她如果出门会发生什么事？"

一直呆呆听着的程峰缓缓抬起头，直视着老刑警锋锐的目光，猛然起身，撞翻了身后的椅子，在空旷的审讯室里声音尤其刺耳。他激动地喊叫着："你什么意思？！难道怀疑是我策划了车祸？最后良心发现想要阻止晓秋却没有成功？！我有100种方法让发件人显示成任意的邮箱！我根本没有给她发过什么邮件！"

对面的两个警察都没开口说话，老刑警依旧面无表情，那个年轻警察则是目露嘲弄，似乎在欣赏他拙劣的表演。

好在程峰还没有完全丧失理智，他掏出手机，解开密码打开自己的邮箱，把它狠狠摔在桌子上，强压怒气道："你们自己看吧！"

赵云平一言不发，没有拿起手机，只是在桌子上操作手机页面，程峰冷眼旁观，且看他们怎么收场。却不料那年轻男警察冷不丁说了一句："还用找吗？发件箱肯定被他清空

11

第一层·乱码

了。"

程峰忍无可忍，晓秋的死让他悲痛欲绝，那份痛苦还没来得及酝酿完全，却被迫待在这里被警察冷嘲热讽，正准备爆发时，却听到老刑警疑惑地"嗯？"了一声。

程峰皱眉看去，愕然地发现自己发件箱里赫然有三条显示已发送的邮件，而收件人正是晓秋，虽然邮件的标题和内容不知道为什么是乱码，但是，发件时间与任晓秋手机里收到的时间完全吻合！

"不可能……"程峰像是一下子被抽去了所有的精气神儿，他颓然地坐在地上，脸色苍白，喃喃自语道，"不可能……我记得很清楚，这个时间我已经坐在咖啡厅等了好久，因为晓秋一直没到，我还特意看了一下时间，然后手机就一直放在桌子上没动过……"

"你的手机今天一直都在自己身上？"赵云平问道。

"对，一直在我身上……"

"会不会有人进入了你的邮箱？"不知道为什么老刑警似乎在帮助程峰找到开脱的理由。

程峰苦笑了下摇摇头："我的职业就是网络安全，我的邮箱基本不可能在我不知情的情况下被攻破。"

"那些乱码是什么意思？"老刑警追问道，这些乱码给他一种熟悉的感觉，可是他又想不起来在哪里见过。

❷ 审讯

　　程峰晃了晃头清醒了一下，起身又去看那些邮件，沉吟了一下他回答："似乎没什么规律，不像是编码错误造成的。"

　　程峰竭力想让自己冷静下来，但脑子里一团乱麻，所有的事情都交织在了一起，他只是隐隐感觉到自己似乎卷入了一个巨大的旋涡之中。

　　此刻的赵云平根本没有半分掌握了铁证的喜悦，他眉头紧锁，如身边年轻警察所说，如果这件事真和程峰有关系，他再蠢也应该知道删了邮件才对，却反而这么堂而皇之地留在了邮箱里。而且，为什么那些邮件的标题是乱码呢？

　　赵云平又看向对面失魂落魄的男子，只不过他那双见识过人生百态的锐利眸子中罕见地出现了迟疑的神色——近三十年的刑警生涯，让他练就了一双真正的火眼金睛，嫌疑人是不是撒谎他一眼就能看破。此刻直觉告诉他，程峰真的没有撒谎，他什么都不知道！

　　可他又确实给任晓秋发了邮件，却又不知道自己给她发过邮件……还有那神秘的乱码……

　　这是个无论如何都解释不通的悖论。

　　这时只听年轻警察冷笑道："程峰，你接下来是不是该说自己是多重人格了？"

　　多重人格？

　　似乎只有这个原因能把这一切解释通了，但冥冥之中，

第一层·乱码

赵云平感觉这一切远没有那么简单。

审讯室天花板上的灯泡已经有些年头了，闪着青白色光芒，灯光有些晦暗不清，此刻为这个小审讯室增添了些许诡谲的气氛。

赵云平感觉头有点隐隐作痛，这是老毛病了，他没有理会。不过这回，伴随着熟悉的疼痛，激荡在他脑海里的还有一句之前下意识说出的话，"难不成有人早就知道她如果出门会发生什么事？"

对呀，如果不是程峰，那么又是谁提前知道了任晓秋的车祸呢……

③ 回忆

文/剧派网·Tino

第一层·乱码

程峰从警局回到家中时,已经是第二天的中午了。打开门的瞬间,一股孤独的静谧涌来。窗外的阳光有些惨白,仿佛在此时也失去了应有的温度。

程峰径直跌坐在沙发上。直到现在,他也无法接受晓秋已经不在了这个事实。

那个美丽可爱、温柔善良、又倔强又自信的晓秋,那个自己这辈子最爱的女人,竟然就这么仓促地去了?他不敢相信这是真的,明明已经说好了在老地方相见的,为何近在咫尺的期待转眼却成了永远的阴阳两隔?这是命运故意跟他开的一个玩笑吗?

"为什么!为什么是晓秋!"程峰突然愤怒地大吼一声,狠狠地甩飞了茶几上的杯子。

玻璃碎裂的声音乍起,无比刺耳。掌缘的疼痛让程峰有了一丝清明,这几天发生的事情又回现在他的脑海中……

时间回到星期五晚上。

任晓秋的主动邀约,让程峰心中再次泛起了涟漪。下班以后,他不知不觉走到了以前和任晓秋经常光顾的酒吧,推开门,喧嚣与欢快一起涌来,似乎连音乐都是熟悉的曲子。程峰点了一杯酒,坐在酒吧最不起眼的角落里,听着歌,拨

③ 回忆

弄着手机，回忆着那些美好的过往。

一想到明天的约会程峰就有些激动——时间已经过去了那么久，没想到她会主动约自己。对于任晓秋，程峰始终放不下。他打开任晓秋的朋友圈，反复浏览着她发的所有图片和心情，试图为两人时隔数年的约会寻找一个理由。

也不知道过了多久，沉醉在无尽幻想之中的程峰抬起头想再要杯酒，一个熟悉的轮廓却让他瞬间清醒，是晓秋！

程峰刚想激动地伸手打招呼，紧接着却觉得当头一盆冷水泼了下来。任晓秋身旁坐着一个男人！程峰心脏都停跳了半拍，酒精瞬间化为冷汗浸湿了他的后背。

那人长得很帅，但是程峰却凭着男人的本能，一眼看出对方花丛老手特有的味道。

任晓秋的打扮格外亮眼，红色连衣裙搭配一个黑色头饰，女人味儿十足。

两人应该刚来不久，任晓秋有一搭没一搭地和男子说着什么，眼睛不时扫向吧台后面的时钟。程峰听不见他们的谈话内容，心里开始焦躁起来。

又过了一会，任晓秋似乎要去卫生间，从高凳上下来的时候，那名男子绅士地扶了扶任晓秋，他的手从晓秋的臂弯滑落到了腰部，轻轻扫过了她那曲线迷人的部位，整个动作一气呵成。

第一层·乱码

任晓秋转过头来,回应了一个似怒非怒的眼神。

这一切程峰都看在了眼里,忐忑不安瞬间转变为醋意甚至更多的是愤怒。他觉得这地方待不下去了,便趁着任晓秋不在的时候离开了酒吧。

出门后的程峰,心里特别难过,他愈发地不能接受刚刚亲眼看到的一切。那个男人是谁?是晓秋的男朋友,还是酒吧刚认识的?为什么这么晚了,晓秋还会来酒吧?她现在怎么变成这样了?既然如此,她干吗还约自己见面?一连串想不通的问题萦绕在程峰的脑海里,他想重新冲回酒吧向任晓秋问个清楚,又觉得现在的自己没有任何立场;想就这样一走了之,又担心任晓秋会有危险,毕竟夜晚的酒吧狼群环伺,实在不算是个好地方。

犹豫了半天,心有不甘的程峰扭头进了对面的一家酒吧,坐在靠窗的卡座里,程峰要了一打酒,边喝边望着对面酒吧的大门。

时间似乎过得缓慢无比,程峰感觉已经过了几个世纪那么久,但任晓秋还是没出来,而他面前的酒瓶却越来越多。酒精在身体里慢慢弥散,程峰的意识开始恍惚起来,酒吧的霓虹灯光和嘈杂音乐更让他头晕目眩。

隐隐约约地,程峰感觉到身边坐了一名女子,应该是来搭讪的,她毫不客气地将手勾搭在程峰的胳膊上。程峰只顾

❸ 回忆

喝着自己的酒,盯着马路对面的大门,并没有理会她。但酒醉的程度远远超乎他对自己身体的控制,以至于他被那名女子搀扶着离开座位都没有办法拒绝。

"任……任晓秋,你为什么,为什么要……为什么?"

"我哪知道呢,来,大哥,我送你回家啊。"女子搀扶着摇摇晃晃的程峰向酒吧后边一条黑漆漆的小巷走去。

穿巷而过的夜风让程峰有了片刻的清醒,仅存的意识使他察觉到一丝危险的味道。他猛地甩开对方的手,自己却摔倒在了巷口的路灯下。

过了一会儿,他感觉怀里有一只手在摸来摸去。他反射性地拉住那只手支起身体,想抬眼看清对方的面孔,可突然眼前一黑,身体又不受控制地倒了下去。

"快来人啊!有人抢劫……救命啊!"程峰仅有的意识里,最后听到的只有几声呼喊。

……

第二天醒来已经是上午,程峰发现自己躺在酒吧的长椅上,额角一阵阵剧痛传来,让他眼前忽明忽暗。他想说话却发现自己嗓子已经完全干涸,一点儿声音也发不出来。

突然,一杯水被放在了他头顶的桌子上。

"喝了就走吧,下次别喝这么多了。"同样陌生的声音。

程峰竭力撑起身子,一个看起来是酒吧老板的人一脸戒

第一层·乱码

备地站在他旁边。

程峰顾不上道谢,一口将水倒在了嘴里。冰凉的水线从喉间滑过,程峰这才觉得自己活了过来。

"昨天……"他想问昨天发生了什么却一时无从开口。

"打烊的时候看你倒在后面巷子里怎么也叫不醒,就只好让你睡在这里了。"陌生的男人耸耸肩,似乎见惯了这样的醉汉。

"谢……谢谢您。"程峰低着头摇晃着走出了酒吧。

他努力回忆着昨晚发生的一切,但是似乎所有的记忆都是单个的画面,并不能串联起来:面前的酒瓶……身边的女人……后巷的冷风……怀里那只摸来摸去的手……脑后的震动……女人的尖叫……

对!女人的尖叫!

程峰心里一凛,似乎那个声音很熟……晓秋?程峰不能肯定,也许只是因为自己一直在想晓秋的事情,所以才把那个声音听成了晓秋……

对了,昨天晓秋身边好像有个男人……到底那个人和晓秋是什么关系?还有,下午的约会是为了什么?

脑子里的念头纷至沓来,程峰晃了晃头,干脆拨通了任

③ 回忆

晓秋的电话。

电话响了好久才接通:"喂?"

听到任晓秋声音的那一刻,之前想说的话却全部卡在了嗓子眼儿里,他突然不知道该怎么开口。算了,还是等下午见面时再问吧,于是在沉默了几秒后,最终说出口的话,便成了一句问候:

"吵醒你了?"

"嗯,昨晚有事,回来晚了。"

"呵呵,是去约会了吧——你没忘记我们的约会吧?"

"约会你个头啊?跟你有关系吗?"

"……你不是说下午四点半,老地方……"

"哦对,我想起来了,我是不是睡过了?现在几点了?"

"9:18……"

"程峰你大爷!我再睡会儿,别再吵我了,下午见!"

挂了电话,虽然被骂了但是程峰心里还是有点高兴,晓秋没有当面承认自己已经有了男朋友,那么自己多少还有一点儿希望,至少下午的约会还是照旧。

就这样,满心期待的程峰在几个小时之后等到的不是任晓秋,而是警察要求配合调查的传讯……甚至自己还莫名地变成了嫌疑犯……

……

第一层·**乱码**

"为什么……为什么是你!"

程峰双手掩面慢慢地倒在了沙发上,回忆宛如尖刀,一下下扎向他的心脏。仅仅是十几个小时之前,自己还是满怀希望,可现在却……泪水混合着鼻涕从他的指缝渗出,野兽一样的呜咽在房间里翻滚。

也不知道过了多久,呜咽声才渐渐平息下去。黑暗的房间中只有桌子上的路由器在散发着幽蓝的光芒,让整个工作台都笼罩上了一丝神秘的色彩。程峰突然从沙发上坐了起来:

邮件!

到底是谁给任晓秋发的邮件?究竟是谁能进入自己的邮箱?程峰忽然想起来,那天晚上自己怀里那只来回摸索的手……是不是那个女人做了什么手脚?

程峰一个激灵掏出手机,冲到工作台打开了台灯,开始仔细地检查着自己的手机。

过了很久程峰才瘫坐在了椅子上,此时他的手机几乎被拆成了零件,各种不知名的线路和仪器被程峰连接在了手机的主板和电池上,但是最终得到的结论却是手机并没有任何异样……

那又是谁给任晓秋发的邮件呢?还有那该死的乱码到底是什么意思……

❸ 回忆

任晓秋的死……真的只是一场意外吗?

面对接踵而来的谜团,终于从悲恸中恢复冷静的程峰陷入了深深的沉思。

……

警局里。

赵云平手里依旧夹着廉价烟卷,瞅着办公桌上任晓秋的各种报告,他的表情平淡,目光中却透着锐利。

任晓秋收到的那三封邮件被打印了出来放在桌子上,和它们对应的还有程峰手机中获得的三封乱码邮件:

"晓秋!你看得到吗?我是程峰!"

"不要出门!立刻回家!"

"立刻回去!否则来不及了!"

赵云平的目光在两份记录上来回扫视,到底是谁发了邮件?在心中他已经暂时排除了程峰的嫌疑。当时程峰的所有细微动作都落在了赵云平那经历了三十年刑侦生涯的双眼之中,赵云平相信一个人绝不可能把自己伪装到这个程度。

更重要的是,这个人是出于什么目的发送的邮件呢……

其实最让赵云平困惑的就是这点,正如程峰所说的,伪造邮件有无数的方法。但是这个人的目的却始终让赵云平摸不到头脑。如果有人策划了车祸,为什么又要伪装成程峰提醒任晓秋?

第一层·乱码

还有那个乱码,到底自己在哪里见过?

各种可能性在他的头脑中不停地生成又被他一一否决。有那么几次他觉得自己已经找到了门路,但是似乎总是差了那么一点儿……

突然,第一封邮件的内容引起了赵云平的注意:

"晓秋!你看得到吗?我是程峰!"

赵云平发现,这封邮件的内容完全不合逻辑。一个人发邮件怎么会问对方是不是能看到?难道因为什么原因所以这封邮件有可能任晓秋无法看到?或者是这个发件人当时正处于什么特殊的情况?

赵云平心中一松,终于让他找到了一点破绽!他转头看向自己的徒弟唐骏。

"小唐,排查任晓秋的社会关系,所有可疑的对象都一一做好笔录。重点寻找一些状态特殊的人。"

"状态特殊?"小唐疑惑地问道。

"嗯,比如工作场所比较特殊,或者经常身处一些特殊的环境,例如地下或者无线电信号干扰比较大的地方。"

"明白了!保证完成任务!"小唐使劲点了点头,他知道师父一定是有了什么想法!

赵云平轻松地吐了一口烟,烟气打着转儿往头顶散去。

❸ 回忆

渐渐地他的眉头又扭了起来,刚才发现的那点破绽似乎并不能打消他心头的疑虑。

到底是为什么呢?是什么让自己总觉得有什么不对的地方?

乱码……

突然,他身子一颤!一大截烟灰带着火星掉在他腿上,可是赵云平恍若不觉。

"小唐!"赵云平站起来大吼一声,把正在记录着什么的唐骏吓得一个激灵跳了起来。

"师……师父!"小唐似乎被赵云平的样子吓坏了。他眼睛圆睁,口齿都变得有点结巴。

"去把二十年前那个卷宗拿来!"赵云平喊道。

"二十年前?"小唐又是一个激灵,似乎还没有缓过神来。

"就是我师父高昂的案子!"赵云平又吼道。

"明,明白!"小唐转身冲出了办公室……

赵云平此时似乎耗尽了力气,他跌坐回了椅子上。"乱码……乱码……"他喃喃自语着又摸出一根烟,却久久没有点燃。

办公室外的走廊里,小唐的跑步声越来越远……

④ 变天

文／剧派网·嘎嘣脆

第一层·乱码

合上泛黄的卷宗，赵云平左手无力地夹着烟，右手拇指死死地顶着太阳穴，一阵剧烈的头痛剥夺了他的思考能力。二十年前师父出事之后他整整一周没合眼，从此就落下了这个毛病。

窗外，肆虐的狂风猎猎作响，在街头巷尾间横冲直撞，一派肃杀气象。

头痛稍缓，赵云平支撑起身体走过去把窗户打开，狂风裹挟着沙粒扑面而来，打在眼角让他觉得微微刺痛。遥望着盘踞在天边的厚重云层，他自语似的低声呢喃："变天了……"

山雨欲来风满楼。

赵云平把目光转向楼下，公安局的铁门在狂风中不住地晃动，他的思绪回到了二十年前。也是在这样一个暴雨将至的下午，赵云平目送他的师父高昂走出这扇铁门，没想到却成了永别。

正是高昂教会了赵云平如何抛开情绪的影响，不带感情地从纷乱的线索中分辨出有价值的信息，从而抽丝剥茧地还原真相。赵云平从心底尊敬他的恩师。

他每次出警都会带着赵云平，唯独最后的一次没让他去。

他说等破了这个案子，自己就可以光荣退休了，然后请大伙好好撮一顿。结果，他食言了。

❹ 变天

原来，生命可以这么脆弱。

原来，生死真的只在一线之间。

短短两个小时，竟意味着天人永隔。

面对师父冰冷的墓碑，赵云平没有流泪，他发誓要为恩师报仇。

可他失败了。

赵云平穷其毕生所学想尽办法也未能将真相找出。几次晕倒在办公室之后赵云平被强制休假——这该死的偏头痛就是那时出现的，一直困扰了他半辈子。

二十年过去了，每年在师父的坟前，赵云平都深深自责甚至痛哭流涕。虽然他心有不甘，但时间的消磨让他也渐渐接受，师父的案子也许永无破解之日。可是今天任晓秋的案子却让他心中突然一动，冥冥之中赵云平感到这两个案子也许有着非同一般的联系。

邮件……那几封邮件！还有那些乱码！

赵云平清楚地记得，二十年前自己本来已经整装待发准备和师父一起出门，但是师父在手机响了几下之后，却硬生生地把自己留在了办公室。

"不要去！"

这三个字深深地烙在了赵云平的脑海之中，这是他在和师父争执的时候从师父手机屏幕上扫到的。但奇怪的是师父

第一层·乱码

出事之后,却在他的手机上看不到任何关于这几个字的内容,有的只是一堆乱码。

此时,赵云平已经彻底失去了以往的平静。"任晓秋案"就好像是一线微光,把萦绕在赵云平心头二十年的浓雾撕开了一个小角,给了深陷其中的他一丝希望。收到邮件警示之后的意外死亡和那些乱码,难道只是巧合吗?

不!赵云平从不相信巧合!

"嚯,这么大风!师父,您站在这里发什么愣呢,当心感冒。"

他是赵云平带出来的得意弟子,小唐。赵云平看着他,就像看到了二十年前的自己。

岁月催人老啊。

关上窗户,赵云平问:"有什么状况吗?"

"肇事司机的社会关系排查清楚了,和任晓秋没有任何交集,而且行车记录仪也显示车祸确实是一场意外,任晓秋是突然从路边冲出来的,正常人根本反应不过来。"唐骏看着自己的笔记本说道。

赵云平点点头,这些情况都在他的意料之内,其实如果不是因为发现了那几封邮件,任晓秋的死完全可以定性为交通事故,没有任何疑点。

但是偏偏有那几封邮件……

❹ 变天

赵云平揉了揉太阳穴。"程峰那边呢?"他又问道。

"按照您的指示,一直有人盯着,他回家后就一直没再出来。师父,这样真的会查到新线索吗?我感觉这个程峰肯定有问题,要我说,就应该关着继续审。"

"既然审不出什么,还不如放了他。如果他真有问题,一定还会露出马脚的。"赵云平心不在焉地解释着,那几封邮件一直交织着在他的大脑中盘旋。

"可是万一让他跑了呢?"

"我们证据太少,没有权力一直拘留他,只能先这样了。"见小唐一副不情不愿的样子,赵云平又叮咛道,"干我们这行的,多疑是好的,可是如果疑心过重,就很容易被自己内心的情感反噬。我知道现在一切线索都指向程峰,但这些都不属于直接证据,我们不能主观臆断,明白吗?"

小唐嘟着嘴,说:"您说什么就是什么喽。"

"等下咱俩去一趟任晓秋家,看能不能有什么发现。"

"行,您是头儿,您说了算!"

看小唐闷闷不乐地离开,赵云平暗自苦笑,这家伙,简直跟自己年轻的时候一模一样:一根筋。

……

呜咽的风声终于唤醒了程峰。一天没吃东西的他却丝毫没感觉到饿。

第一层·乱码

他茫然地看了看窗外，天气已经变了，路人们行色匆匆，一场暴风雨似乎即将来临。

程峰就那样看着窗外，似乎过了好久，但又好像只过了一会儿，期待中的大雨并没有下下来，倒是天色变得更暗了，夜晚终究要降临。

屋里实在太压抑了。程峰胡乱洗了一把脸，抓起外套出了门。

一阵大风迎面刮来，他不禁打了个冷战。程峰抬起头，目光穿过乌云直达躲在后面的浩瀚银河。程峰知道在那里正有无数的星星散发着冷冽的微光，只有它们才是永恒的存在。

他还记得一次看完电影后，任晓秋学着电影里的女孩，指着星空问道："程峰，你相信有平行时空吗？也许，在某个时空里我们会永远在一起。"

程峰用食指刮了下任晓秋的鼻子，佯装生气地说："说什么傻话呢？难道在这个时空里，我们不会永远在一起吗？"

"哎呀，你稍微配合我一下嘛。传说人死后就会变成天上的星星，你信吗？"

"迷信！"程峰嗤之以鼻，"别忘了你也是理科出身！"

"你这人怎么一点儿都不浪漫！"任晓秋佯嗔道，"我啊，倒情愿死后变成星星，看着自己喜欢的人开开心心地活着。"

"呸呸呸，乌鸦嘴！什么死不死的，多触霉头！"

❹ 变天

"我是认真的，你听我说嘛。程峰，如果哪天我先你一步离开了这个世界，你一定要快些忘了我，去寻找自己真正的幸福，听到了吗？别耍诈，星星是我的眼睛，我会严密监视你的！"

……

不知不觉，泪水又充满了程峰的眼眶，没想到当初的戏言竟一语成谶。

"晓秋，你真的已经变成天上的星星了吗？哪颗是你？我找不到你了……"程峰闭上双眼，任由泪水从脸颊滑落，喃喃自语道。

狂风肆虐的街道上行人神色匆忙，躲避着即将到来的大雨。只有程峰漫无目的地走着，也不知道过了多久他才从回忆中惊醒。程峰茫然地看了看四周，却发现自己竟然已经在不知不觉中来到了任晓秋家附近。

熟悉的街道让程峰心中又是一阵刺痛，和晓秋分手之后，他总是刻意回避经过这里，有时候宁可绕一些路也不愿意路过。这里的街道上留下了太多他和晓秋的回忆。现在晓秋不在了，似乎一切又都不一样了……

突然，远处的两个身影让程峰心里一惊，居然是警局里那个令人生畏的老刑警和那个年轻的警察！下意识地程峰赶

第一层·乱码

紧侧身闪到了一个广告牌后面。他的大脑飞速地运转着:"他们怎么会在这儿?"

这时,程峰看到那名老刑警似乎接了个电话,随后就往前走去。看方向正是任晓秋住的小区。

难道晓秋的死另有隐情?一个念头从程峰的心中升起。对,一定是,不然刑警为什么会来晓秋家!程峰咬了咬牙,打定主意后慢慢跟了上去。晓秋的死有太多谜团,这到底只是一起意外,还是或者真的有一个幕后黑手在操纵着一切?他一定要搞清楚!

眼看着两个警察走进了任晓秋家的楼道,程峰在小区深处一个小亭子里躲了起来。不多时,晓秋家的灯果然亮了起来。
……

风比方才更迅猛了些,程峰被吹得有些睁不开眼。

他们在晓秋家里找什么?难道凶手来过晓秋家?还是晓秋留下了什么东西?各种念头在程峰的大脑中翻来覆去,让他如坐针毡。

程峰知道任晓秋有记日记的习惯,警察是不是也在找这本日记?里面会不会有一些线索?如果警察把日记本拿走了怎么办?程峰焦急地看着晓秋家的窗口。短短半个多小时,他感觉像几年那么漫长。

❹ 变天

突然，晓秋家的灯灭了，程峰赶紧又往柱子后面缩了缩，即便他很确定警察出来的时候看不见自己的脸，但是看到警察出现在楼道门口的时候，他还是浑身一颤，赶紧低下了头。

幸好两个警察从楼道出来之后并没有停留，直接往小区门口走去。直到他们的背影彻底消失之后，程峰又强迫自己等了五分钟，这才三步并作两步上了楼。

看着晓秋家门口贴的封条，程峰愣了一会儿才探手往侧面电表盒上面摸了摸，果然，钥匙还在。

门开了……

一股熟悉的味道传来，程峰眼中泪水又涌了出来。他犹豫了几次，终于深吸口气抹了把眼泪，轻轻迈进了自己3年不曾踏足的任晓秋的家。

程峰直奔晓秋的卧室，他躺在地上往床底摸去，指尖一下碰到了一个硬硬的冰凉的物体，程峰的心这才放了下来——日记还在。

他坐在床边，借着手机的灯光打开了日记本。娟秀的字迹让他的眼眶又是一热。这本日记是差不多半年前开始写的，程峰从第一页开始看起：

每天都是这么无聊，除了编码还是编码！这跟苦力有什么区别！真后悔当初学了这个专业！每天只睡三四个小时，黑眼圈重得跟被人打过一样。拜托，姐好歹是个美女好不好，

第一层·**乱码**

就没有人怜香惜玉吗?小杨这丫头又去旅游了!我就不该手欠看她的朋友圈!手欠!手欠!手欠!

……

今天忽然有点想程峰了,也不知道他现在过得怎么样。现在想想我们两个其实还蛮配的,可是当初怎么就分手了呢?可能是不成熟吧,为了一点儿小事就吵得不可开交挺可笑的。亲爱的日记,请你告诉我,如果再给一次机会的话,我们还能不能重新来过?

……

任晓秋的日记,像是在对程峰喃喃耳语,往事历历在目,那些美好记忆开始在他脑海里一个一个地苏醒。不知不觉一个小时就过去了。为了避免自己陷进回忆里无法自拔,程峰尽量跳过这些触动他情感的部分,去寻找可能存在的线索。

一个月前的一篇日记引起了程峰的注意:

今天收到一封很奇怪的邮件,发件人显示不出来,内容也全都是乱码。什么东西嘛,烦不烦?姐天天上班编程,现在一看到这些乱码就头大,准是某个无聊的家伙的恶作剧。哼,我才没那闲工夫去破解。管它呢,由它去吧。日记兄,要不你来帮我破破看?

接下来的好几篇日记里都提到了"乱码邮件"。这些邮件的背后,有什么惊天秘密吗?程峰匆匆往后翻,翻到了最

❹ 变天

后一页，也就是任晓秋临死前一天的日记：

老虎不发威，你当我是病猫啊！这都连着多久了，每天一封！有病啊！下午我破解了下，没想到还挺复杂的。首先，发件人是怎么隐藏的？还有这么高端的技术？中继站？反正我是做不到。还有内容，既不是编码问题，也不像是乱写的……哼，别让我查出来是谁，否则给你好看！忙了一个多小时，只成功破译出几个字，其中有两个字是"峰被"，什么意思呢？该不会跟程峰那家伙有关吧？怎么会偏偏是这个字……估计是我想多了。我约了他明天见面，可千万别出什么幺蛾子啊。

……

乱码邮件！程峰心中一惊。他赶紧抬头去找晓秋的电脑，晓秋收到的那些邮件到底是什么意思？是不是和自己发件箱里那几封莫名其妙的邮件一样？

任晓秋的笔记本电脑就放在床头柜上，程峰迫不及待地开机登录了晓秋的邮箱——居然要密码。程峰试了几次都没成功，晓秋会用什么当自己邮箱的密码呢？

黔驴技穷之下，程峰不抱任何希望地输入了自己的生日，没想到竟然登录进去了！

程峰的手颤抖着，泪水又一次滑落下来。

第一层 · 乱码

泪眼蒙眬中,程峰看到晓秋收件箱里有很多显示不出发件人的邮件。程峰点开了最新的那封,里面都是乱码,不过在中间部分,他找到了任晓秋破解出来的几个字:酒xx巷……峰被……

咔嚓!

一道闪电将夜空撕裂为两半,窗外酝酿了半日的大暴雨这时终于瓢泼而下。

程峰仿佛被闪电击中了一样,双眼圆睁,一副难以置信的表情。

"酒xx巷……峰被……"

程峰的大脑飞速运转,思索着整件事的脉络,难道说当时自己醉倒后,那个劫匪并非是要抢劫自己,而是在手机里动了手脚?可是为什么自己在手机中没有发现任何不对劲儿的地方?还有时间也对不上,为什么在自己遇袭之前晓秋就收到了这封邮件?!

这中间的根本关联在哪里?莫非,有人知道晓秋会出事,所以才会想尽一切办法阻止她出门?

但是这又和自己在后巷被袭击有什么关系?

程峰的双手深深地插入了头发之中,这一切到底有什么联系!

对了!邮件!

❹ 变天

似乎又是一道闪电划破了四周的黑暗。

只有把乱码邮件都破解出来。身为软件工程师的程峰决定即刻回家去破解它们，因为他坚信，这里面肯定包含大量有价值的线索。

看到程峰瑟缩着踏雨离开后，赵云平和小唐在小区花园的凉亭里探出头来。

"师父，您说，程峰也发现了吗？"

赵云平看着程峰的背影点点头："应该是发现了。"

"那他会不会是来销毁证据的？"

"销毁证据应该是作案完后第一时间就应该做的，哪有等我们看完了他才销毁的，他又不傻。这样，你马上回局里，想办法让技术科破解下任晓秋日记里提到的乱码邮件，如果我没猜错，那些邮件是整个案子的关键。另外，让人继续盯紧程峰，程峰是她的前男友，可能会先我们一步掌握更多的线索。"

"那您现在去哪？"

"我……"赵云平难得地迟疑了一下继续说道，"我去看看师父。"

"现在？"小唐的语气中充满了惊讶。

"你别管我。赶紧去做刚嘱咐你的事！我们现在是在和

第一层 · 乱码

时间赛跑,哪怕一分钟一秒钟都耽搁不起!"
……

郊外的公墓里,赵云平对着面前洁白的墓碑百感交集。二十年前发生的那起案子,就在真相大白之前自己的恩师居然出了车祸……

巧合吗?人为吗?

"不,我从不相信巧合!"赵云平仿佛是为了坚定自己的信念,轻声默念着。

无数过往悉数埋葬在了时光里。纵然逝者如斯,但沉积在灰尘中的真相,早晚有大白的一天。

邪,终不压正!

忽然,赵云平听到背后一声叹息。出于本能,赵云平迅速弓腰,随后他往前冲了半步好躲开可能到来的攻击。确认了身后的人没有动作之后,赵云平这才拧身回头。

大雨中水汽弥漫,赵云平还是敏锐地看到了一个模模糊糊的人影就站在离他不到十步的距离上。

"赵警官,别紧张,打个招呼而已。"声音传来,不带任何感情。

⑤ 往事

文／剧派网·惊马奔逃

第一层·乱码

闷雷在云层间翻滚着,大雨滂沱。

昏暗的路灯根本无力照亮四周,只有偶尔的闪电才能将黑暗撕裂一瞬间。

赵云平不顾额头淌下的雨水,双眼死死地盯着暗处的人影,右手慢慢拨开了衣角。手掌下鼓鼓的枪套让他感到一丝安心,这位老朋友十多年来从来没让他失望过。

"你是谁?你怎么认识我?"赵云平厉声问道。

黑影处传来的声音颇为年轻,但是和雨水一样冰冷:"我不是坏人,只是来提醒你一句。"

"哼,装神弄鬼。"赵云平冷笑一声,心里却飞快地思索着各种可能性,"有话可以去公安局说。"

"不必了。我只说一句,那个女孩的死只是意外。"停顿了一下,黑影又补充道,"和二十年前一样。"

二十年前!

仿佛一个霹雳在赵云平的耳边响起!

"你到底是谁!你怎么知道二十年前的事情!"赵云平再也无法保持平静,他往前跨了一步。

整整二十年,各种线索都纷纷中断,各种可能性都被

❺ 往事

赵云平一一排除，甚至除了在师父的墓前，他根本没有地方能提起这个案子。他一度觉得这个世界上，只有自己还记得二十年前的那起案件！

二十年！

可现在！就在这漫长的二十年后，就在师父的墓地前，居然有人提到了这个案子！

"你是谁！"赵云平停下了脚步站在原地，有那么一瞬间，他甚至觉得对面的黑影是一只鬼魂。他的手变得冰冷，太阳穴微微作痛，甚至四周的景物也渐渐模糊起来。

"我师父到底是怎么死的？"赵云平咬着牙问道，他的视野中只剩下了对面的黑影。

黑影缓缓摇了摇头："我不知道。"

满腔的惊疑变成了满腔的怒火！全身的血液一下冲上赵云平的额头，让他一阵眩晕。

"你不知道！"赵云平几乎嘶喊了出来。前一秒这个人还信誓旦旦地说师父的死是意外，现在却变成了不知道！他再也无法冷静，唰地一下拔出了枪，指向面前的黑影！

"说！你是谁！"赵云平大吼着向前一步，声音甚至盖过了滚滚的闷雷。

黑影不为所动，似乎对赵云平手里的枪丝毫不在意，声音依然是那么冰冷："赵警官，我只是来告诉你任晓秋的案

第一层·乱码

子只是一场意外。"

"我没问你任晓秋！我问的是我师父，高昂！"赵云平大喊着继续向黑影走去，但是脚步却并不慌乱，"必须抓住他！他一定知道什么！"赵云平脑海里只剩下这一个念头。

还有七步……

"赵警官，你师父的……"

六步，赵云平根本没听到对方在说什么，他不停地在计算着和对方的距离。

"我也不清……"

五步，对方的声音和雨声一样变成了一种奇怪的背景音，赵云平甚至可以听到自己的心跳声，二十年来，他距离答案从来没有这么接近过。

"我知道……"

四步，就是现在！！

赵云平一个冲刺向黑影扑了过去！二十多年的刑警生涯告诉他，在这样的距离上自己的扑击还没有人能逃得掉！困扰了他二十年的答案就在眼前！

可就在赵云平刚扑到空中时，那个黑影却未卜先知似的动了！

赵云平惊异地看到，自己和对方的距离并没有随着扑击变短，反而迅速被拉开！

❺ 往事

　　半空中赵云平试图调整自己右手中枪的方向，任何规则他都顾不上了，他只想留下对方，只想知道那个困扰了他二十年的答案！

　　可还没等枪口转向对方，赵云平的身体就重重地摔在了地上。他被震得眼前一黑几乎昏了过去。等勉强撑起身体用枪指向前方的时候，赵云平眼前只剩下了一片漆黑的雨夜。

　　"啊！！"

　　赵云平仰天怒吼，他恨自己，从未有过的恨，他恨自己衰老，恨自己迟钝，恨自己当年为什么没跟师父一起出警，如果他当时跟着去了，或许就会知道所有答案。

　　累，从未有过的累。

　　恨，无以复加的恨。

　　赵云平挣扎着站起身，迈着沉重的步子朝前走去。

　　那个黑影已经烙在了他的心中，他暗下决心，一定要将那个男人找出来！

　　赵云平心中燃起了从未有过的斗志！

　　"嗡……轰……轰……"老旧的警车再次发动，刺破雨雾，消失在了黑暗之中。

　　……

第一层·乱码

啪!

黄色的灯光溢满了办公室,小唐的脑袋探了进来。

此时已近午夜,赵云平的电话让他不敢有一丝耽搁。

他从赵云平的话语中听出了一丝狂热。

"师父!"

小唐一眼就瞧见了窝在沙发里的赵云平,可他刚走进来,就被眼前的景象惊得愣住了。

地上到处散落着发黄的档案袋,上面满是泥泞的脚印和水渍,而赵云平的模样更惨,泛白的头发凌乱地粘连在一起,额间的皱纹层层堆叠,浑身上下湿漉漉的,身上不时有水滴落下,犹如刚从水里出来一般。

"师父,您这是怎么了?"

小唐一边说着,一边从柜子里拿出毛巾朝赵云平的脸上抹去。

赵云平直勾勾地盯着手里的照片,一语不发。

小唐悄悄瞥了一眼照片,那是赵云平和师父高昂的合影。照片上的赵云平还很年轻,脸上写满了对师父的崇敬。

小唐将一杯热水递给了赵云平:"师父……出什么事了?"

"没有,什么也没发生。"

赵云平将水一饮而尽,他不想将黑影的事情告诉小唐,

5 往事

在黑影的身份不能确定的时候,他不想把小唐卷进旋涡之中。

"那您叫我过来,是有什么新的发现吗?"

小唐拿起一张纸端详起来,上面的字迹有些发暗,时间指向了二十年前。

赵云平点了一支烟,一口吸掉半支。

"这些资料我看了无数遍了,总觉得遗漏了些什么,我希望你能帮我梳理一下,看能不能找到一些新的线索。"

"好,可是……"小唐看了一眼满脸疲惫的赵云平,"您不需要休息一下吗?"

"不用。"赵云平回答得斩钉截铁。

"那我们开始吧。"

……

墙上挂钟的时针指向三点,散落在地上的文件整齐地摆在了桌子上。

只剩下几个透明的证物袋静静地躺在收纳筐里,没有被开启。

小唐揉了揉发胀的眼睛,面前的笔记本上写满了字。

赵云平的脚下落满了烟蒂,办公室里弥漫着疲惫。

"怎么样?看出些什么了?"赵云平哑着嗓子说道。

"有。"

小唐强打着精神,拿起笔记本念道:"档案里说当时队

第一层·**乱码**

长在最后一次出警前,接到过一封邮件是吗?"

"对。"

"可是上面说这封邮件来源不详,如果说当时的科技达不到追踪的目的,但现在怎么也查不到呢?风过留痕,不可能一点儿线索都查不到吧?"

"邮件的来源是一组乱码,而且内容被师父删除了。当时局里召集了大量的计算机专家进行破译,可最后专家说也许只是网络故障造成的乱码,任何服务器上都没有找到这封邮件的内容。"赵云平脸色深沉,拿起一个证物袋递给了小唐。

"这就是我师父当年的手机。"

小唐端详了一阵,略显尴尬地说:"就因为这个缘故,您觉得任晓秋的案子肯定跟队长有关是吗?"

"这只是其一。"

"那您能跟我讲一下整件事的过程吗?"

小唐满脸期待,这件案子原来是赵云平的禁区,局里没人敢提,也没人敢问,他的心中充满了期待。

"好。"

"那是我跟师父的第三年,记得那是一个下午。"赵云平再次揉起了太阳穴,小唐急忙点了一支烟递了过去。

赵云平猛吸了一口。

"我和师父一直在追查一个毒案,突然有个线人传来消

5 往事

息,说有这个毒案的证据。我和师父马上准备出发,就在临走前师父接到了这封邮件。"

"什么内容？"

赵云平缓缓地靠在了沙发上,双眼直直地望着天花板,他没有回答小唐的问题。"我看到他走到了一边,我注意到了当时他的表情。"

"什么样的表情？"

"说不出来,紧张？慌乱？就那么一瞬间,但是我知道有大事发生了,我从来没见过师父那个样子。"

"然后呢？"

赵云平缓缓地吐出一口烟气,眼神变得空洞起来。

"然后他就告诉我,说有危险不许我同去。不管我怎么请求,他都拒绝,只说太危险,怕发生什么意外照顾不了我。"

"然后,师父就出了意外……"

赵云平没有再说话,他似乎陷入了回忆之中……

"这……"小唐也陷入了沉思,"邮件是乱码,又没有内容。也许专家说得没错,只是巧合。"

"不！"赵云平一下从沙发上坐直了身体,他的目光也锐利起来。赵云平停顿了一下,一字一句地说道,"我知道邮件的内容！"

"什么！"小唐几乎惊叫了出来,刚才师父还说哪里都

49

第一层·乱码

找不到那封邮件的内容，现在却又说自己知道！

赵云平闭上了眼睛慢慢地说道："当时我看到了邮件内容。"此时他的语速更慢了，可以看到赵云平的眼球在眼皮下面迅速转动着，他慢慢地转过头，眼睛虽然闭着，目光却已经回到了二十年前，死死地盯在了师父那小小的手机屏幕上。

"不要去！有危险！"赵云平一字一字地念道。

有那么一瞬间，小唐觉得赵云平疯了……

随后赵云平又恢复了常态，他看着小唐继续说道："有人预知了师父的车祸。"

一道闪电划过天空，小唐觉得浑身的汗毛都竖立了起来！

"有人预知了车祸！和任晓秋一样！"小唐简直不敢相信自己的耳朵！

"对，这就是我为什么这么在意任晓秋的案子，我有一种预感，我们一定还遗漏了什么，只要我们找到，两件案子就能同时解决！"

"这怎么可能？会不会是您当时看错了？"小唐无法接受这个结论，从任何角度都说不通为什么会有人预知了车祸！

"这么多年以来，我也觉得是看错了，我反复地回忆着猜测着另外的可能……"

❺ 往事

"那为什么这么重要的线索没有追查?"小唐不解地问道。

"只有我看到了内容……"赵云平无力地说道。

小唐沉默了下来,如果不是自己和师父的关系,听到这件事自己也会以为师父当时是看错了。

"对了,当年那个司机呢?那个司机找到没有?"小唐突然想到。

赵云平摇摇头:"那个司机什么都不知道,完全是一场意外。"

他一字一顿地说道:"和任晓秋案一样!"

小唐震惊得说不出话来,如果这些都是真的,那么两个案件确实有着太多的巧合!

乱码、邮件、警告、没有疑点的车祸!

赵云平的语气突然坚定起来。"直到今天看到任晓秋的案子,我才确定我当年没有看错!"

"可怎么会有人能预知车祸?除非车祸就是他策划的!"小唐喃喃道……

"事实如此……我们就是要弄清楚这到底是怎么回事。"赵云平的语气无比坚定。

看着赵云平陷入深思,小唐也不知该做什么,便在屋中左顾右盼起来,企图找到什么新的发现。他走到柜子前,被

第一层·**乱码**

一本相册吸引住了，便一页页翻看着。

"师父，这里都是您大学时候的照片吗？真帅！"小唐一脸羡慕。

"是啊，你不说我都忘了，这里也有我师父的照片。"赵云平走了过去把相册翻到了后面，"那时他是我们的教员。"

看着一张张满载回忆的照片，赵云平的眼泪再也控制不住了。

渐渐地，相册中的照片上只剩下了赵云平的师父高昂。

"这是我师父办公室里的，他没有家人，照片就保存在我这里了。"

随着小唐一张一张地翻看，照片上的高昂越来越年轻，眼看着相册翻到了最后一页，赵云平刚要接过相册收回柜子，却突然浑身一震。

他一把抢过相册，满眼惊恐地看着一张合照，双手剧烈地颤抖起来。

……

不知何时，雨停了下来。

6 黎明

文/剧派网·惊马奔逃

第一层·乱码

被大雨刚刚刷洗过的黑夜，竟然罕见地释放出了一轮泛黄的月亮，一边被残存的乌云拉扯着，一边将远处的天空染成了一片赤红。

世纪小区蛰伏在夜幕的阴影下，原本明亮的路灯不知何时兀自熄灭。

整个小区只剩下保安室外还残存着一丝忽明忽暗的光亮。

一只硕大的乌鸦静静地站在路灯顶端，它扭着脖子探视着，似在等待着什么。

嗤。

残存的一丝灯光，也停止了跳动，乌鸦咕的一声，振翅而去。

保安室内值班的保安眯着眼睛打着盹，丝毫没有发现身旁的监视器已经变成了一片跳动的灰色。

黑暗中，一道黯淡的虚影悄然浮现，一步一步走向那沉睡在黑夜中的建筑群，每走一步，那虚影便真实一分，当他站在一处高楼入口时，一个身材消瘦，西装革履的男人显露了出来。

男人静静地站在那儿，犹如一尊塑像。他双拳紧握，目光锁定在高楼内某户人家窗口泻出的一团光亮上，似在犹豫着什么。

❻ 黎明

……

钢笔在写满数字的稿纸上斜出一条倒影,那是台灯的功劳。

程峰左手敲打着键盘,右手在纸上疯狂地演算着。

任晓秋的日记本放在一堆摊开的书上,那些书是程峰的依靠,他依靠它们解决过无数次难题。

可如今在他心中,它们也不过是一堆废纸,因为,他翻看了一遍又一遍,却找不出一种思路可以解开那堆乱码。

"酒 xx 巷……峰被……"

这封奇怪的邮件如同一句魔咒般萦绕在他的心头。

程峰的脚下,早已凌乱不堪。

快餐盒、提神饮料,还有数不清的烟头……在此之前,程峰从未觉得香烟竟有如此魅力。

他抽了一根又一根,直到所有的烟盒变得空空如也。

他的双眼早已浑浊不堪,但瞳孔中却还冒着一丝狂热,他告诉自己不能停,真相的防线终会被攻破。

屋内的温度低得惊人。

程峰早已将冷气开到最大,室温调到自己能忍受的最低温度,他需要寒冷,需要寒冷所带来的冷静。

可他还是又一次失败了。

啪!

程峰用力拍打着键盘,他从未如此恨过自己的无能。

第一层·**乱码**

乱码！乱码！

那些他曾视为玩物的东西，如今却变成了一条不可逾越的天堑。

啊！

一声嘶吼，程峰将手中的钢笔扔了出去，钢笔急速旋转，坠进了远处的一个鱼盆里。

鱼盆瞬间被染成了黑色。程峰慌张地跑了过去，捧着鱼盆走向厨房。

那是一对情侣鱼，是他和任晓秋曾经爱情的见证，也是任晓秋留给他这世上最后还跳动着的幻想。

哗啦……

黑色的水倾泻而出，两只金鱼躺在水池中大口吐着气泡。

程峰再也控制不住情绪，号啕大哭。

此刻，他终于知道任晓秋在自己心中是怎么样的存在。

逝去的真爱，真的能侵骨入魂。

程峰慢慢抹去脸上的泪痕，机械地将那对可怜的鱼放回换了清水的鱼盆之中。

黎明到来前的黑夜，竟是如此的黑暗，如此的寒冷。

程峰颓然地躺在沙发上，再次翻看起那本看了无数次的日记本，他已经试过上百种方法了，可还是一点儿头绪都也没有，第六感告诉他，所做的这一切都是徒劳的。

6 黎明

但程峰并不想放弃。

小小的笔记本散发着淡淡的香味,那些娟秀的文字,让程峰眼前闪过一道道任晓秋的倩影。

程峰笑着,眼中闪出点点亮光。

他翻了一遍又一遍,看了一遍又一遍。

突然,一个闪电般的念头在他脑海中蹿了出来,如同一个火星,点燃了一张巨大的网。

对啊!我怎么没想到这一点!程峰猛地跃起,双目迸发出前所未有的光亮。

归功于现在成熟的传输技术,之前的他下意识地默认这些乱码在传输时一定是正确的。但是,也许这些编码本身在传输中就出错了呢?也许那几个能辨认出来的文字只是其中的幸存者呢?

一念既起,程峰整个人又从颓废中复活过来。"你放心吧,晓秋。"程峰摩挲着日记本,郑重道,"我一定会查出真相!"

咕咚……程峰握起一罐提神饮料一饮而尽,再次坐在了电脑面前。

他的手指在键盘上跳起了飞快的舞蹈,此刻,他的心中再无其他,整个人已经完全陷入了亢奋。

"你果然是天才……"

突然,一个冰冷的声音在他背后陡然响起。

第一层·乱码

程峰猛地停下双手,全身毛发瞬间立起。

"你是谁!你怎么进来的!"程峰的语气带着明显的慌乱,他完全没有察觉到有人潜入了自己的家。

哗啦!程峰猛地站起身,手中已然多了一把美工刀。

"你,你是谁!"

冰冷的刀柄握在手里,让程峰迅速冷静下来,几年来拳击训练中积累的对抗经验,让他心中多少有些底气。

来人没说话,只是盯着程峰的眼睛。

程峰也在上下打量着这突如其来的闯入者。

苍白、消瘦、一身黑色的西装。

他的眼睛又瞟向男人的双手和腰间:没有武器!程峰暗自呼了一口气,心中又多了几分把握。

"你是谁!怎么进来的!"程峰双眼转寒,身子悄悄地朝前迈了一步。

"我劝你最好不要出手。"男人声音平稳,"因为受伤的一定是你。"

话音刚落,程峰已经一刀划了过去。

男人身体纹丝未动,他以肉眼难辨的速度,用两根手指闪电般将程峰手中的美术刀捏住并夺了过来。

程峰一愣,但随即反手抄起一个饮料瓶朝男人抡了过去。

砰!

❻ 黎明

瓶子在地上砸了个粉碎，男人却只侧了一下肩膀。

程峰喘着粗气，再次挥拳朝男子脸部砸去。男人一个侧身上步，便单臂扼住了他的喉咙，肩膀一抖将他重重地甩在了沙发上。

剧烈的咳嗽让程峰一时间动弹不得。他惊恐地发现，男人并没有继续追击自己，而是径直走向了电脑敲击起了键盘。

不好！

"你要做什么！"程峰努力发出沙哑的声音。突然意识到男人的目标不是自己，而是那些他正在潜心破解的乱码！

"住手！"程峰冲过去一把将男人的肩膀搂住，顺势将他的脖子锁在了自己的臂弯。

一道寒光，程峰感觉到美工刀那冰冷的刀锋抵在了自己的脖子上。他不由得身形一顿，松开了手臂。

那男人却并不理会程峰，他一只手用刀抵在程峰的脖子上，另一只手快速敲击着键盘，随着他的按键，磁盘的文件正一个一个地消失着。

"住手！快住手！"

程峰的眼睛变得通红！那些文件对他来说就是晓秋死亡的真相！他再也顾不得脖子上的刀锋，用力格开男人的手臂，随手抓起桌上的花瓶朝男人头上猛地砸去。

砰的一声，男人头都没转就伸臂挡住了花瓶，玻璃喳飞

第一层·乱码

溅得到处都是。

啪嗒。男人终于按下了最后一个键,他扭头紧紧盯着程峰的眼睛,眼神锐利得可怕。程峰不自觉地往后退了两步。

"这些和任晓秋的死无关。"男人收起眼神默默地站了起来。他抖了抖头上的玻璃碴,意味深长地说了一句,随后便迈步向门口走去。

程峰失声喊道:"你是谁?晓秋是不是你杀的?!"

"程峰,好好活着,有些事是你做不到的……"

男人的声音随着关门声戛然而止。

程峰立刻追了出去,可哪里还有男人的踪影。

……

潮湿的风轻轻卷起一片落叶,鬼使神差般地将它吹向半空,几个回旋之后,落在了一处黑暗的窗前。

赵云平将那片落叶置于掌中,泛黄的月光将他的脸色衬得越发苍老。

嗡……口袋里的手机振动了起来,赵云平掏出手机看了一眼,皱着眉按下了接听键。

电话那头的声音,急躁而狂野。赵云平却面沉似水,看不出一丝波澜。

"不,你不要来。"赵云平压低嗓音,"去人民公园,我在那里等你。"

❻ 黎明

电话挂断，屏幕变暗，赵云平拉开身旁的抽屉，摸索一阵之后，起身走出了办公室。

……

月色西移，天空泛白，黑夜正在消失，黎明终于要来了！

赵云平靠在车座上，点燃的香烟夹在手中，上面的烟灰已经弯了下来。

方才程峰的电话，让他的心再度提了起来。

程峰说的是真的吗？那人既然能轻易地闯进程峰的家中删掉文件，可为什么会对程峰手下留情呢？

赵云平回想起之前的雨夜对决，自己遇到的那个黑影会是程峰口中的这个闯入者吗？

如果是的话，他的目的是什么呢？为什么才找过自己，就又去找了程峰？这个人明显是冲着任晓秋的案子去的，他又怎么知道程峰有那些文件呢？

如果不是的话，那么难道这是一个巧合？他和程峰在一个晚上几乎同时遇到了一个神秘的家伙？

不，赵云平微微摇了摇头，他从不相信巧合。

赵云平随手碾灭香烟，习惯性地用指节按压着太阳穴。

真是迷雾重重……

老了……

他苦笑一声，右手摩挲着腰间的警枪："老伙计，只有

第一层·**乱码**

你还陪着我……"

咚咚！

赵云平一怔。他略一看窗外便按开了门锁，副驾驶的门被人猛地拽开。

一个熟悉的男人坐了进来，正是程峰。

程峰惊讶地打量着赵云平，觉得自己好像上错了车。因为身旁的这个人苍老而衰败，哪还有之前警局神探的模样。

"赵警官……您……"程峰满心疑虑。

"我没事！"赵云平强打着精神，坐了起来，"来，说说你的事。"他又恢复了平日的样子。

"好。"

程峰掏出一张纸递给了赵云平。

赵云平狐疑地打开一看，是一张素描，画的正是那个闯入者。

他愣愣地盯着纸，脑海中又出现了墓地里那个黑影。

程峰没有发现赵云平的出神，他指着纸上的男人激动地说："他就是杀害晓秋的凶手！"

"为什么？"赵云平转向程峰。

"这个男人可以自由出入我家，我练过拳击，可在他手下连一个回合都走不了，而且他的目的就是那些文件！"

"所以？"赵云平盯着程峰的脸。

❻ 黎明

"那些乱码邮件肯定是他发的!"程峰的神色更激动了,他的手挥舞着,"他和晓秋的事绝对脱不了干系!"

砰!程峰一拳锤在了车窗上:"可惜,那些文件被他删除了,否则,我一定能破解出来!"

赵云平冷冷地看着程峰,突然问道:"程峰,你想过没,为什么他不伤害你?"

程峰一愣,旋即脸色泛红起来。"赵警官!你到现在还在怀疑我!"

"给!"一个小小的U盘横在了程峰的面前。

"这是?"程峰疑惑地接了过去。

"备份,"赵云平如释重负一般,然后平视着程峰,"我相信你。"

"这……"程峰一时语结,"你怎么有这些文件,晓秋电脑的密码只有……"

"尽你最大的努力破解它,因为我跟你一样想知道答案。"赵云平拍了拍程峰的肩膀,打断了他的话。

"好!太好了!"程峰激动地攥紧了U盘,转身就要下车离开。

"等等。"

"还有什么事?"

"任晓秋有家人吗?"赵云平突兀地问到。

第一层·乱码

"家……家人?"程峰一愣,他没理解为什么赵云平的思路突然跳到了任晓秋的身上。

"她和妈妈在国外,后来妈妈去世她就回国了。"程峰回答道。

"她爸爸呢?你见过没?"赵云平追问。

程峰摇了摇头:"从没听她说过她爸爸的事情。怎么了?"程峰追问道。

赵云平点了点头岔开了话题:"没事,你小心这个人。"他扬了扬手中程峰留下的素描:"再看到他马上给我打电话。"

程峰点了点头,拉开车门走了出去。

警车里一点红光忽明忽暗,赵云平不知道什么时候掏出了一张照片仔细揣摩着。照片中,师父高昂身穿夏装,怀里抱着一个三四岁的女孩,两个人都一脸喜气洋洋。

突然,他仿佛察觉到什么似的,抬头扫视了一眼车外,外面黎明将至,但是黑暗却还不曾完全褪去。不知道为什么,今天他总觉得有一双眼睛在紧盯着自己……

"魑魅魍魉!"赵云平冷笑了一下。他下定决心一般,把还剩半截的香烟一下捻灭。

嗡……轰……警车再次发动,疾驰而去。

7

失踪

文/剧派网·深自缄默

第一层·乱码

  暮色四合,又一个夜晚即将来临。

  黑夜总能带来无限的未知和无尽的想象。

  在无尽的黑夜里,有人曾被破灭了所有希望,又再次重燃信心,却不知有人曾在黑夜中窥视着他,眸子如毒蛇般阴冷;有人曾被带往了不可知之地,前途未卜;也曾有穿梭在黑夜中的人命悬一线却不自知。

  程峰透过窗户,看见了此时的自己。

  面容枯槁,发丝散乱,嘴唇干裂,双眼充斥着血丝,如同鬼一般。此时距离他从赵云平那里拿回文件的备份,已经过去了至少三十个小时。

  他忽然身体一抖,似乎想到了什么,转头看了看门口。大门处一个鞋柜倒在地上,牢牢地抵住了大门。

  程峰松了口气,之前那个闯入者让他心有余悸,这些时间里,程峰总担心那个人会突然出现在自己身后,再次夺走他破解谜题的最后希望。

  他身后的电脑传来"叮"的一声,那代表着又一次转换工作的完成。他闻声身体一颤,却迟迟不敢转身,因为他真的怕了。

  怕那渺茫的希望,如过去一样再次全部破灭掉。

7 失踪

良久,他艰难地转头,看到乱码中已经多了数个可以辨别的文字后,他仿佛被抽去了全身的骨头,瘫软在椅子上,大口大口地喘着气,像一条濒死的鱼。

他深吸一口气定神看去。大部分的乱码都已经损坏了,但是有一条却成功转换出了许多文字信息:

"程峰……巷……打劫……死……"他聚精会神地读着屏幕上的信息,却在最后时突然停住,蓦然瞪大了眼睛,不可置信地看着那几个字。

程峰……死……

自己死了?!

程峰心中不可自抑地冒出这个荒谬的念头,这些乱码邮件处处透着诡异,最恐怖的地方就在于那仿佛未卜先知的内容。程峰的脑子有些混乱,这段时间发生的一系列事件让他心力交瘁,此刻他只觉头痛欲裂,往后一仰,连椅子一同重重地摔在了地上。

程峰就那么躺在地板上,在黑暗中怔忡着,全然忘却了身上的疼痛。这时,忽然有一道光芒照在他的脸上,虽然微弱,但对置身黑暗中的他来说却是如此强烈。那道光仿若一道闪电,劈开了他脑海中的混沌。

"酒吧后巷。"他轻声道。

……

第一层·乱码

僻静的巷子里程峰一无所获,似乎那晚什么都没有发生过一样。

失望的他不经意间抬头,看到巷子入口对面有两个摄像头,一个朝侧面,另一个正对着这里。这让他心头一颤,转身冲向了巷口的酒吧。

经过一番软磨硬泡,程峰终于看到了那晚的监控。无声的画面中自己摇摇晃晃的,被一个女子搀扶着进了巷口,随后倒在了路灯下面。那女子俯身摸了一会,突然开始挣扎了起来。程峰知道那个女人的手腕正被自己死死地攥住。

女人用另一只手冲巷子深处比画着,很快一个男人拿着什么跑了出来,随即程峰就看到自己挨了重重的一下,被打翻在地。那男人亢奋地高高举起手,眼看就要再次砸向趴在地面上的自己。这时男人突然身形一顿,目光向巷口外看去。

随即男人跑出了画面,很快又转了回来,和之前那女子一起匆匆消失在了巷子深处……

"快来人啊!有人抢劫!"程峰的脑海中响起了自己意识消失之前听到的那声尖叫。

"是晓秋?!"程峰的嘴唇克制不住地颤抖着。

"另一个监控呢?我要看另一个监控!"程峰急迫地问着老板。看监控中的男人追出去的方向,另一个摄像头一定拍到了那声尖叫的主人!

❼ 失踪

"那个只有警方才有……"老板的回答传来。

警方?程峰愣了一下,随即他掏出了电话想打给赵云平,却诧异地发现手机上有无数个警局的未接来电。

也许是赵云平发现了什么?程峰心中一动赶紧拨了回去。

"您好,S市公安局。"

"我是程峰,我找赵云平警官。"程峰急切地说道。

电话那边一阵嘈杂。程峰正疑惑时,一声咆哮差点儿震破了他的耳膜。

"程峰?!赵队长在哪儿?"另一头的声音明显气急败坏,显然比赵云平的声音要年轻很多。

"赵警官出事了!?"程峰心中一凛!

"我是唐骏!赵队前天晚上和你见完面之后就一直联络不上!"电话那头唐骏嘶吼着。

"唐警官,我真的不知道赵警官在哪儿……"

"程峰!你做了什么你心里清楚!我命令你马上回家!如果我老大出了什么事,你别想好过!"

最后一句话完全是吼出来的,还不等程峰辩解,电话就断了。平白无故被警察如此敌视,程峰很头疼,但同时,他也很担忧无故失踪的赵云平。

"难道是他?"程峰想到了那个神秘的闯入者。如果那

69

第一层·乱码

个人真想置某个人于死地,他不认为有谁能逃脱。

程峰梳理了一下杂乱的思绪。赵云平失踪了,监控也看不到了,尖叫的女人到底是谁……怎么办……他咬紧了牙。

程峰叹了一口气,只能先回家看看还能从乱码中看出点儿什么。可当他一踏进自家的楼道时,就看到了唐骏那张阴沉得几乎要滴出水的脸。

"你要干什么?"程峰的脸色也阴沉下来。这个时候唐骏出现在这里,很明显是把自己当成了赵云平失踪的最大嫌疑人。

"我师父在哪?"唐骏语气冰冷,"别跟我说你没去过人民公园!"

程峰深吸一口气,尽量语气平静道:"既然你知道我去了那里,自然也知道我是自己离开的。赵警官的事和我无关!"

唐骏扯了扯嘴角:"介意我去你屋里看看吗?"他的语气不容拒绝。

"请。"程峰也没有丝毫犹豫,一方面他想洗清自己的嫌疑,另一方面他也真的想知道赵云平到底发生了什么。

一进到屋里,唐骏就四处打量了起来。他慢慢走到客厅中间,突然脚下"嘎吱"一声。

程峰顺着声音低头向地下看去,只见一片碎玻璃正在唐骏的鞋边。他心中一紧,这是之前和闯入者打斗时留下的碎片。

7 失踪

"什么碎了?也没扫扫?"唐骏蹲下身捡起那片玻璃打量着,程峰认出来正是自己桌子上的那个花瓶的残片。

"花瓶掉了,没注意留了一片。"程峰一边解释一边暗自心惊,"如果这个时候唐骏发现了打斗的痕迹,恐怕自己的嫌疑就要立刻大上几倍。"

还好唐骏并没有再说什么,他随手把碎片放在了旁边,继续打量着四周。

突然,唐骏的目光一闪,他快步走到了程峰的电脑前面,拿起桌上的一个U盘。

"这个你从哪里来的?"唐骏目光如刀,让程峰浑身一凛。

"赵队长给我的。"程峰如实回答。

"什么时候?为什么给你?这里面是什么?"唐骏的语气冰冷。

"前天晚上,里面是任晓秋的邮件,赵队长说让我帮着看看。"程峰一一回答道,在这些问题上撒谎没有任何意义。

"那你发现什么了吗?"唐骏问道。他直视着程峰的眼睛。这一瞬间程峰想到了赵云平那几乎能看穿人心的目光,但唐骏的目光不同,少了几分磨砺,却多了几分刺人的锋锐。

"没有,就是乱码而已,我也解不开。"程峰飞快地回答道。不知道为什么,他下意识地隐瞒了自己已经破解了乱码。

唐骏冷冷一笑,这让程峰的心剧烈地跳动了起来。还好

第一层·乱码

唐骏并没有再追问什么。

"这个 U 盘是警局财产,我拿走了。"唐骏说完也不等程峰同意,便把 U 盘装进了兜里。

程峰暗自松了口气。

"程峰,昨晚赵队长和你说了什么?"唐骏又转了几圈之后,终于停下脚步问道。

程峰心中早就把这个问题转了无数遍:"赵队长说发现了任晓秋的邮件,但都是乱码,他知道我是搞技术的,又和任晓秋有这层关系,就找我试着破译下。"程峰一口气说了一大堆,自己感觉逻辑上没有什么漏洞。

唐骏听完果然没有再说什么。

"你真的不知道那些邮件的内容?"唐骏沉默了一会,突然又问道。

程峰摇摇头:"多给我点时间也许可以……"

"别想了,这是警方的证据!"唐骏打断了程峰的话。他抬起头,把程峰从头到脚打量了一遍。那目光让程峰感觉浑身不自在。

"然后你去哪儿了?"

"回家。"

"谈完就回家了,什么都不知道?这还真是一个好借口。程峰,我再给你一次机会,我老大在哪?"唐骏的语气愈发

❼ 失踪

平静，但无论谁都能感受到那平静下蕴含的怒火。

见对方根本不相信自己，程峰也来了火气，他一字一顿地道："我不知道！"紧接着程峰忍不住反唇相讥，"怎么？难道现在警察抓人都不看证据，只凭直觉了？"程峰扯了扯嘴角，继续说道，"那抱歉，唐警官，你的直觉和赵队比，还差了点儿火候。"

"你别太嚣张！"唐骏怒视着他，程峰也毫不示弱地回瞪着。

片刻之后，唐骏冷哼一声向大门走去，他有些失望，但当下也没有理由继续待下去，有心想抓程峰回去审讯，却又没有证据。临出门前他回头狠狠地剜了一眼程峰，其中蕴含的警告意味不言而喻。

程峰面无表情地目送唐骏离开，随后回到电脑桌前随手打开了电脑。

"叮咚！"

一封新邮件躺在收件箱里。程峰习惯性地点开了邮箱，却突然被电击似的坐直了身体！发件人是一串乱码！和任晓秋收到的那些幽灵邮件如出一辙！而且邮件中还附着一段视频！

他点开附件，进度条飞快地推进着，可他却感觉每一秒都是如此漫长。

果然是监控视频！程峰的手有些颤抖，不是害怕而是激动。

第一层·**乱码**

画面中,一个女子向远处一辆出租车冲去,监控清晰地拍到了她的脸庞,正是任晓秋!

程峰怔怔地看着,这就是晓秋在这个世界上留下的最后画面……程峰感到有水滴在手背上,他僵硬地低头看去,原来不知不觉间,他早已泪流满面。

程峰强忍住再看一遍视频的冲动,他深吸了一口气,把注意力转向了邮件本身。又是乱码邮件……现在自己也收到了任晓秋曾经收到过的邮件。这一切似乎在暗示着什么?可到底是谁发的邮件呢?

突然程峰的心中没来由地一紧。为什么这封邮件正好在警察离开之后发过来?

是巧合?不!肯定不是巧合!一连串的事件已经让程峰不相信什么巧合。

有人在监视自己!自己在这栋房子里的一举一动,一言一行,他们都知道。

想到这里,程峰感到一股浓重的寒意,浸透全身。

窗外,又是一个漫长的黑夜。

……

8

归来

文／剧派网・惊马奔逃

第一层·乱码

一团团灰色的厚重云雾低沉地盘亘在城市的上空,将星月遮掩;一辆辆疲惫的出租车穿梭在纵横交错的街道上,将一个个不安分的灵魂迎来送往。喧哗与浮躁虽已偃旗息鼓,却让这微凉的夜色,越显惨淡。

一幢低矮的旧楼下,一只黑猫正沿着老旧的建筑灵巧地攀爬着。很快,它停在了一扇微微开启的旧窗前,似乎察觉到什么似的向四周胡乱地张望着。突然,它像是被什么所惊吓,后背一耸向后一跃,随即半个身子滑到了窗台外面。此时黑猫已然顾不上别的,前爪一阵乱抓又堪堪爬回窗台,头也不回地沿着雨水管就向楼下爬去,指甲抓在薄铁的管道上发出几声尖锐的声音。

一张冷艳的脸借着外面的微光在窗口浮现,她的目光一直注视着程峰家的窗口,随着窗户被轻轻地关上,那张脸也慢慢退回了黑暗之中。

……

冒着丝丝热气的浴室里稍显凌乱。

"咕嘟嘟……"

程峰憋足一口气,把自己的身体朝盛满温水的浴缸里沉了下去。他紧闭着双眼,任由一块块记忆碎片如潮水般在脑

⑧ 归来

海里自动重组着。

"程峰你听我说,如果哪天我先你一步离开了这个世界,你一定要快些忘了我,去寻找自己真正的幸福,听到了吗?别耍诈,星星是我的眼睛,我会严密监视你的……"

"什么意思?!难道怀疑是我策划了车祸害了晓秋?我没发过什么邮件,电话也是上午打的,我下午根本没联系过她……"

"我劝你最好不要出手,因为受伤的一定是你……"

"小心点,如果再碰上,赶紧给我打电话……"

"程峰,我师父去哪儿了!"

……

"哗啦"一声,程峰猛地坐了起来,大口大口地喘着粗气。他披上浴巾,站在镜子前,电动刮胡刀正在他的下巴处忙碌着,将那蔓延的青黑一扫而光。程峰静静地看着镜子里的自己,仿佛在看一个陌生人。

"为什么死的不是你?"突然,程峰对着镜中的自己,一掌拍了上去。然而镜子只是晃了晃,接着便以无限的沉默来应答他。

换上衣服,程峰陷进了沙发里。墙上的电视屏幕中反复播放着昨晚收到的神秘视频,他紧盯着屏幕,脸上却没了昨天的惊恐和狼狈。因为他突然明白,死亡并没有那么可怕,有时候,让生活继续下去反而更需要勇气。

第一层·乱码

桌上的电脑亮着,一份打开的文档铺满了整个显示屏,文档里只有一行数字:222.19.82.112……

这便是程峰得到的最后的答案,一个IP地址,一个让他倾尽全力从任晓秋的邮件里得到的最重要的也是他最想要的信息。而这个信息的获得,也让程峰意识到,困扰自己许久的乱码谜题,其实是一种从未听过的干扰机制所产生的偏差。

有了这个地址,程峰相信自己能窥探到那个躲在黑暗里的人,那个将这一切玩弄在股掌之间的魔鬼。在得到这个地址的一刹那,程峰便不再恐惧一切,他隐约中有种预感,自己之所以还活着,是任晓秋在冥冥中护卫着他,而他所要做的就是让真相破茧而出,让任晓秋在地下安息。恍惚间,他觉得自己已经变成了一支利箭,等待着被人搭在弦上,朝那个幕后黑手射去。

最适合做那张弓的人是赵云平,要想通过IP地址得到服务器在现实世界的位置,只有警方才能办到。可他却离奇失踪了,除了他,对这个案子最熟悉的就剩下那个唐骏。可一想起唐骏的那张脸,程峰就感觉到一种熟悉却说不出来的紧张,那种感觉他在赵云平身上都不曾体验过。

他会帮自己吗?程峰不敢确定,他能确定的就是,自己再也不会放弃任何一个机会。

"嗡……"

❽ 归来

桌子上手机的震动声,打断了程峰的思绪,他拿起手机一看,是警局的电话。

"喂。"程峰冷静地按了接听键。

"程峰……"电话那头的声音嘶哑而疲惫,而这个声音的主人昨天晚上似乎要将程峰撕碎后生吞下去。

"唐警官。"程峰克制着自己的情绪,"有事吗?"

"你明天早上能来警局一趟吗?我需要你提供一些细节。我在网监大队等你。"唐骏的语调中隐隐透露出一丝商量,没了昨天晚上的暴躁。

"好……我正好……"

话还没说完,电话那头就挂断了。程峰转头看了看电视中模糊的任晓秋,真的是你在冥冥之中保佑我吗?他心中一松,感觉自己离答案越来越近了。

嘀嘀……

厨房的咖啡机停止了工作,程峰端着咖啡走到了窗前。

厚重的窗帘被猛地拉开,他推开窗户,清新的空气夹杂着淡淡的土腥气猛灌进来。程峰看着远处的灯光,轻啜着苦涩的咖啡。

"明天……"他思索着怎么才能从唐骏那里得到自己想要的东西。

很快,他的目光转向了写字台最下面的抽屉,程峰快步

第一层·乱码

走过去拉开抽屉,只见几块绿色的电路板和一堆各色的导线纠缠在一起。这还是早些年他的"杰作",自从自己洗白做了网络安全,已经很久不碰这些东西了。程峰在抽屉里摸索着,很快就找到了自己想要的东西。

"看来还得靠你。"程峰把一个U盘样子的东西紧紧地攥在了手里。

……

第二天一早,多日的阴霾一扫而空。耀眼的阳光穿过茂密的白杨树,形成了一片参差的光点。程峰站在刑警大队的院子里,假装看着墙上的板报。网监大队办公室里传来隐约的争吵声,空气中弥漫着一丝紧张和焦虑。

"小唐,我们真的尽力了!赵队可能就是手机没电了而已。"

"别废话!这么多年他有过两天不接手机的时候吗?"

"我们也担心赵队,可我们的权限根本查不到他的信息!"

"摄像头呢?监控拿到了没?"

"赵队长走的是条新路,没有摄像头!"

"我不想听理由,我就要知道我师父在哪儿!"

……

砰!办公室的大门被猛地拉开,几个警察气呼呼地走了出来,经过程峰身边时几乎带起了一阵旋风。

❽ 归来

"进来吧，程峰。"唐骏疲惫的声音从敞开的大门里传了出来，程峰迈步而进，屋中污浊的空气仿佛有了实质一样，让他的喉咙一阵发紧。唐骏此时正瘫坐在椅子上，桌子上几台电脑都亮着光。

"坐吧。"唐骏用脚钩过一把椅子。

"唐队长，您叫我过来想让我提供给您什么信息？"程峰环顾着四周，似乎在找寻着什么，最终他的目光落在了那一排电脑屏幕上，所有的屏幕上都显示着同一个登录界面。"警方信息系统"几个字让程峰心中一阵发热。

"喝水。"唐骏把一个杯子递给程峰，双手揉起了太阳穴。程峰感到唐骏完全变了一个人，莫说之前的戾气，就连一丝怒火都感受不到了。

"程峰，今天叫你来呢，是想再确认一下你和我师父最后一次见面的情景。"唐骏点上一支烟，猛吸了一口，他眼睛里布满了血丝，"我知道你那天上了他的车，你们都说了什么？"

"没说什么。"程峰本想把黑衣人的事情和盘托出，但是话到嘴边却又咽了回去。对于唐骏他有一种天然的戒备。

"赵队长就是让我想到什么就及时通知他，还让我回想一下和晓秋交往的细节，就这么多。"

"好吧。"唐骏一边做着记录，一边哈欠连连。

"其实今天来，我也是有事相求。"说着，程峰把一张

第一层·乱码

纸递给了唐骏。

"这是什么?"唐骏看到纸上的数字,目光突然一闪,整个人似乎紧绷了起来,他紧紧盯着程峰。

"这是一个 IP 地址,我想让你帮我查一下它的具体位置,因为我感觉它可能跟晓秋的死有关。"

"不可能。"唐骏立刻打断了程峰的话,"查 IP 具体位置需要主管领导签字批准,而这个领导现在已经失踪了,况且你现在还没有洗脱任晓秋案件的嫌疑,任何与案件相关的事情你都不能插手。"

"唐警官……"

程峰刚想争辩,一个女警推门走了进来,在唐骏的耳边说了些什么,让唐骏的眼睛一下亮了起来。

"程峰,你在这里等我一下,我有些事情要处理,马上回来。"

看着唐骏离去,程峰的心思瞬间翻滚起来。唐骏的态度让程峰熄灭了合作的念头。他捏着裤兜里那个 U 盘一样的东西,心中蠢蠢欲动起来。网监室里的空调吞吐着冷气,程峰的额头却冒起了汗。再一次确认窗外没人之后,程峰飞快地把它插在了电脑上。

随着手指在键盘上飞舞,一个进度条瞬间启动。这是程峰年轻时一时兴起设计的解码程序,没想到今天派上了用场。

短短的十几秒让程峰仿佛热锅上的蚂蚁。门外传来的任

❽ 归来

何动静都让他心惊胆战。在祈祷了无数次之后，进度条终于推进到了100%。看到眼前的登录画面，程峰终于松了口气，随即他把烂熟在心中的数字快速地敲进了一个查询框里。

"北纬路，77号。"程峰飞快地记下地址，随后退出系统拔出U盘，一气呵成。

他回到座位上，心脏紧张得仿佛随时都能从嗓子眼儿蹦出来，脑中的地址让他再也坐不住了，他站起来焦急地走动着。就在这时，刚才那个女警再次走了进来。

"程先生，唐警官还有事情要处理，你可以先……"

没等女警说完，程峰便如一股风般冲了出去。

……

黝黑的公路两旁，一间间破旧的厂房挺立着，破损的玻璃好像一个个黑洞。柏油路面也支离破碎，杂草沿着裂缝生长，显然很久没有人打理了。一辆出租车疾驰而过，惊得一群小鸟逃命似的飞起。

吱嘎……出租车在公路的尽头停了下来。程峰一脸迷茫，他被眼前的景象给惊住了：周围到处都是脚踝高的杂草，四周望去，数不清的废旧工地和锈迹斑斑的机械，若不是亲身站在这里，他根本想象不到在这繁华的都市里还有这样破败的地方。

"师父，是这儿吧？"程峰一边查看着手机，一边问起了出租车司机。

第一层·乱码

"没错。北纬路77号。"出租车司机笃定地回答。他伸手指了指程峰身后的一处隐约可见的建筑,"我二十年前就在那里上班,当时这里可不是这样。"

"那谢谢您了。"程峰下了出租车,拨开荒草朝那片建筑走去。

走了没多远,程峰就站在了司机所指的地方,在破碎的门垛上,他看到了一个暗红的标牌:77号。朝里望去,密实的荒草之中,破旧不堪的厂房已经多年无人维护。程峰稳了稳心神,从背后的包里掏出一根伸缩短棍。虽然厂房的大门形同虚设,可他还是选择了跳墙而入,他不想让可能存在的敌人有一丝察觉。

程峰尽量压低着脚步,可遍地的建筑垃圾和堆叠许久的荒草,还是不时地发出一些声响,让他心中一阵阵发紧。

终于,程峰来到了厂房门前。大门早已没了踪影,一股股阴凉的风从里面吹了出来,不知从何而来的臭味让程峰不由地一阵皱眉。他缩在墙角,猫着腰从一处破碎的窗户朝里看去。

阳光将厂房里面照得还算透亮,程峰的目光快速搜索着,在看了几遍之后,他才确认里面一个人也没有。

程峰握紧了手中的短棍,小心翼翼地走了进去。厂房中央遍地的废弃物和不知名的小动物尸体,让程峰看得直皱眉。一道巨大的光束从房顶垂下,程峰抬头看去,原来房顶之上

❽ 归来

早露出了一个大洞。程峰不想放弃，他不想承认自己这么多天来的努力，换来的是这样一个结果。

可来来回回，仔仔细细看了好几遍，程峰也没有发现一丝活人的痕迹。一股巨大的怒火从他心中猛地烧起，他捡起地上的一个石子，朝前面的窗户使劲砸去。

"混蛋！"程峰愤怒地咆哮着，"到底是谁！"

"程峰！"一声怒吼掺杂着一阵凌乱的脚步声从厂房外传来，程峰慌忙转过身，却发现几个警察朝自己涌了过来，领头的正是唐骏！

"不许动！趴下！"两个身材魁梧的警察利索地将程峰双手反扭，用手铐将他铐了起来。一动不能动的程峰大脑一片空白。

"唐警官，你们这是干什么？！"

"干什么？非法侵入警方系统，应该是我问你要干什么！"

"你……"直到此刻程峰才明白，之前发生的一切，只是唐骏的一个圈套。

"你好阴险！"程峰咬着牙，挣扎着站起来瞪着唐骏，却被身后的警察瞬间又按在了地上。

"带上车去。"

……

阳光穿过窗上的铁栏杆洒在了审讯室的地上，室内青白色的灯光依旧，老旧的空调吐着冷气。程峰再次坐到了审讯

第一层·乱码

椅上,回到了那个让他心生噩梦的地方。

几天前,程峰正是在这里被赵云平怀疑成杀害任晓秋的凶手,可他怎么也想不到,短短的几天时间,自己身上又多了几桩嫌疑。

在程峰的对面,唐骏正冷冷地看着他。意外的是,唐骏并没有叫其他同事帮忙记录,似乎是想减轻程峰的心理负担。

"说说吧。"唐骏呷了一口茶水,他刺耳的声音让程峰心中发紧。

"我说过了,赵队长的失踪和我没有任何关系。"程峰晃动着双手,"再者说,我……"

"那件事情不着急。"唐骏迅速打断了程峰的话,他指了指桌上的 U 盘一样的东西,"说说这是怎么回事?"

"我在车上不是都说了吗?"程峰看着唐骏把笔记本电脑的屏幕冲向了自己,屏幕上播放的正是他在唐骏办公桌前登录系统的视频,"我为了查到底是谁给任晓秋发的邮件,这才想通过你们的系统……"

唐骏撇了撇嘴,合上了电脑:"你不是说你解不开任晓秋的邮件吗?那 IP 是怎么来的?"

"后来我发现这些乱码是有规律的,这才解开了一些信息,上面显示我将会在酒吧后巷被……"程峰的情绪有些激动,身体也不自觉地站了起来。

❽ 归来

"住口!给我坐下!"唐骏拍案而起,脸色瞬间变成铁青,"先不说你刚才讲的是真是假,可这些理由就值得让你侵入国家警务系统?你可知道自己犯的是什么罪?!往轻处说是干扰警方调查,往重里说,你这是入侵国家安全部门,窃取国家机密!"

"我……"程峰颓然地坐了下去,沉默不语。

看着程峰狼狈的模样,一丝浅笑从唐骏嘴角一闪而过,他站起身来,走到程峰身边,拍了拍他的肩膀:"程峰,我知道你很爱任晓秋,但她已经死了,她被谋杀也好,意外身亡也罢,那都是我们警方的事情,你还是不要插手了。"

唐骏的话滴水不漏,而程峰听在心里,却犹如寒风刺骨。

"你能做的,就是协助我们尽快找到赵队长,只有找到他,你的清白才能……"

说话间,审讯室的大门被猛地推开,一个短发女警,目瞪口呆地看着唐骏,左手朝走廊指去。唐骏一怔,却见一个长长的影子铺在了地上,愣神之间,一个高大的身影已经立在了审讯室门口,而他的出现,让程峰差点激动得蹦了起来。

"赵队长!"

"师父!"

唐骏如被电击般冲到了门口,一把将来人抱住:"师父,太好了!这几天您到底去哪儿了?"

第一层·乱码

"警员 2657！"赵云平干哑的声音传来。

"到！"唐骏瞬间站直，身子一挺，敬了一个礼。

"注意警容！"赵云平虽然声音清冷，可就连程峰也听出了其中的暖意。

"是。"唐骏擦了擦眼角，冲着门外的女警摆了摆手，将门小心地关上。直到赵云平坐在了程峰的对面，程峰才完整地看清了他的面容。

破旧的皮衣上污渍斑斑，原本就有些花白的头发此刻更是乱成一团，最让程峰惊讶的还是赵云平的那张脸，这才几日不见，赵云平眼窝深陷，好像瘦了几十斤，宽阔的额头上，皱纹堆积得越发明显。

"小唐。"赵云平指了指程峰，"把铐解了。"说完他点起了一根烟猛吸了一口。

"师父，他……"唐骏一脸紧张。

"你们抓他不就是以为我失踪了吗？我都回来了，还拷着他做什么？"赵云平吐出一团烟雾，眼睛一刻不离地盯着程峰。

"不，师父，他还入侵了……"

"这件事我知道，我会汇报的。打开！"赵云平的语调变低，指尖的香烟随着一颤。

"好。"唐骏不敢违抗，将程峰腕上的手铐取了下来，装进了裤兜中。

❽ 归来

"你先去给他办手续。"赵云平把烟灰弹在了地上,"越快越好。"

"这……"唐骏刚想反驳,却看到赵云平那双深邃的目光看向了自己,只好不情愿地说了句,"知道了。"

看着唐骏离开,赵云平的脸色瞬间缓和下来,他起身倒了一杯水放在了程峰面前。

"程峰,让你受委屈了,小唐人不坏,就是有些冲动。"赵云平拍了拍程峰的肩膀,再次坐回了座位。

"赵队长,您这几天去哪儿了?是不是和那个人有关?"程峰喝了一口水,声音急切。他一直觉得赵云平的失踪和黑衣人脱不了干系。

"出了趟国。听说你小子侵入警局系统,胆子不小啊!你想查什么?是不是有什么发现?"赵云平似笑非笑的神情,让程峰的情绪彻底稳定了下来。

"是有些发现,而且……"程峰将自己这几日发生的事情事无巨细地和盘托出,不知为何,自那日清晨一别,赵云平让程峰的心中升起了莫名的信任感。

"好小子,那天早上我本想提醒你不要把黑衣人的事情说给任何人,没想到你小子的嘴真够紧的。"赵云平再次点上一根烟,突然沉默了下来。

"你知道我为什么出国吗?"许久之后,赵云平突然发问。

第一层·乱码

"为什么？是不是和晓秋有关？发现什么线索了？"程峰想起晓秋在国外的经历，脱口问道。

"也不算线索吧。"赵云平又点了一根烟，"你知道任晓秋的过去吗？她家的事你知道吗？"

"她家的事……"程峰陷入了深思，片刻之后，他挠了挠头，"我只知道晓秋小时候生活在国外，她妈妈去世了她才回来。怎么？这和她的死有关吗？"

赵云平没有说话，从怀中掏出一张照片递给了程峰。泛黄的照片上，一对年轻的男女并肩而立，而在女人的怀里一个三四岁胖乎乎的女孩正开心地笑着。程峰疑惑地看了看赵云平，赵云平指着照片说道："你看她胳膊上。"

"晓秋！是晓秋！"程峰不敢相信似的惊叫出来！那个孩子前臂上一块心形的胎记，正和任晓秋的一样！

"没错，就是她。那个女人是她妈妈，而那个男人……"赵云平一顿，声音有些微颤，"是我的师父，也是任晓秋的爸爸，前刑侦队长高昂。"

"怎么可能！"程峰惊得目瞪口呆，"我从来没听晓秋提起过。"

"我也是出国查了才知道。"赵云平推开房门，新鲜的空气让程峰的脑子顺畅了许多，"我师父牺牲后任晓秋就被母亲带出了国，这世界真小啊！"

❽ 归来

审讯室再次沉默下来,许久之后,程峰再次发问:"赵队长,你这次出国不仅仅是因为这个原因吧。"

程峰从赵云平身上看到的变化,绝不是一个千里奔波所能造成的,他确信,一定还有更重要的原因。

"我真没看错你。任晓秋的眼光不错,可惜……"赵云平长叹一声,"我去国外调查,还因为任晓秋的死法和我师父的死法几乎一模一样!"

"什么?!"程峰猛地站了起来,赵云平也没隐瞒,将二十年前发生的事情一五一十地讲给了程峰。

而程峰的脸色也随着赵云平的讲述不断变换着,直至审讯室里陷入了沉默。

"一样的提示,一样的死于意外。"程峰低声自语着,脑子里原本混乱的记忆和逻辑也逐渐清晰起来。

就在这时,开门声响,唐骏的脑袋探了进来。

"师父,手续办好了,程峰可以出去了。"

"好。"赵云平满意地点点头,拍了拍程峰的肩膀说,"走,我送你回家!"

……

落日的余晖给城市洒上一层金黄,车水马龙间,一辆警车停在了小区门口。

"小子,这段时间委屈你了,回去好好休息吧!"说完,

第一层·乱码

赵云平把一只手伸在了程峰身前。程峰目光灼灼地盯着赵云平，突然一把紧握住他的手，犹豫了一路的话脱口而出："赵队长，让我和你一起调查吧！"

"这……"赵云平愣住了，他没想到程峰会说出这样的话，沉默间，程峰继续说道："赵队长，听你刚才说的，我感觉虽然这两件事相隔了二十年，但它们之间有抹不开的关系，而且直觉告诉我，这些事情的背后一定有着更大的原因。就让我为晓秋做最后一件事吧！行吗？！"

赵云平缩回手，疲惫地倒在了座位上一阵咳嗽。他的目光深邃，似乎在做着纠结的判断。

"赵队长，我是安全专家，乱码的事情我敢说没人比我更强！"程峰一脸急切，试图说服赵云平。

许久之后，赵云平把一支烟递给了程峰，低声说道："好！但你一切的行动都要听我的。"

"太好了！"程峰激动得猛挥双臂，脸颊变得通红。

……

黑夜再次落下了沉重的幕布，将城市包裹在了一片晦暗中。穿市而过的大河，河水湍湍永不停歇。

突然黑暗中一粒石子猛地射出，水面上一圈圈涟漪四散开来。

"终归还是来了。"黑暗中一个模糊的黑影长叹一声，随即消失不见。

9 破晓

文/剧派网·梁墨

第一层·乱码

时间犹如一只张开血盆大口的巨兽，所有在它面前的事物终会被吞噬、嚼碎、消化殆尽。

"时间可以改变一切，我等凡人在时间的面前每一天不过都是日复一日地垂死挣扎。"

程峰想起了任晓秋有一次酒醉后对他说过的歪理邪说。

"晓秋……有你的保佑，我一定会查明真相。"程峰在心里又一次暗暗地对自己说。

各种程序在程峰的电脑上密密麻麻地叠成一堆，为了寻找一个可以解释这一切的答案，程峰的大脑这些天都在超负荷运转着。

"连接失败，请重试……"

"连接失败，请重试……"

……

"222.19.82.112."

"妈的！"程峰不由得咒骂了起来。这一串数字犹如一把加密锁，牢牢桎梏着程峰，他想打破这把锁，然而一切似乎都是徒劳。

"程峰，还连不上？"

❾ 破晓

随着一声同样略带疲惫的声音，程峰抬起头来，看见了赵云平满是胡茬儿的脸。

自从上次赵云平同意了程峰的参与，他们就在城市边缘的一处厂房建立了临时作战室，赵云平每天早出晚归在外面寻找线索，而程峰一门心思把焦点放在了那串 IP 地址上。

"来，试试这个。"

赵云平把一个黑色的盒子递给程峰，看外形，像是一个移动硬盘。

"这是什么？"程峰问道。

"公安系统密钥，只能使用一天，可以查询到所有登记过的网监信息。"

赵云平像是极度疲惫，他一屁股坐在程峰对面的椅子上，两只眼睛看着天花板，一个烟圈从他的口中吐出来，随即在空中越飘越淡。

"老赵，真有你的！一天足够了！"

程峰瞬间重燃希望，他两眼放光，几下就把那个设备连接在电脑上，顺利进入了公安的网监系统。

赵云平看着程峰忙碌的背影，觉得自己的眼皮越来越沉。多日的劳累让他再也支撑不住，一会儿工夫便在椅子上睡着了。

"这是……"刺眼的阳光照在赵云平脸上，让他不禁眯

第一层·乱码

　　起了眼。熟悉的院落，熟悉的大楼……只是门口那排高大的白杨树变成了一排只及二层楼高的小树……

　　这是公安局……二十年前的公安局！

　　赵云平心中一紧，他赶紧朝大楼门口看去，果然一个身穿老式警服的中年警察快步而出，眉宇间带着一股坚定与决绝。

　　"师父？"赵云平想起来了，这就是二十年前的那个上午！师父从这里走出了公安局，就再也没有回来！

　　"师父！"赵云平呐喊着拼命地想拦住师父，可是他的喉咙却仿佛被什么堵住了，发不出一点儿声音。

　　很快高昂就从他的面前快步走过，却对身边的他视而不见……

　　"师父……"赵云平呜咽着看着师父远去的背影，他知道师父将从此一去不返，他恨自己为什么没能拦住高昂！

　　高昂的背影终于消失在了路口，赵云平转头向楼上的办公室看去，那天他就是站在办公室的窗口，目送师父走出了公安局。

　　果然一个身影矗立在窗口，可是当赵云平看清那人的面孔时却心中一惊，差点儿叫了出来。那不是自己的脸！而是唐骏！

　　唐骏面色冷峻地目送着高昂离开，然后他的目光忽然转向了楼下目瞪口呆的赵云平，仿佛知道他的存在一样！

　　还没等赵云平细想，突然之间他觉得脚下的大地一阵

❾ 破晓

晃动……

"老赵!"

"老赵!快醒醒,找到了!"

赵云平猛地睁开眼睛,目光好一阵才对焦到程峰那张急切的脸上。

"这是哪儿?……程峰?"他终于回过神来。

"怎么了老赵?"看到赵云平的样子程峰心中一惊。

赵云平愣了愣神才回答道:"没事……你刚才说什么?"

"做梦了?"程峰盯着赵云平的脸追问道,这个关键时刻赵云平可千万不能倒下,否则之前的一切都会功亏一篑。

赵云平这才感觉到自己的眼角有一丝凉意,他用手一抹,是一道泪痕。赵云平似乎觉得自己梦到了什么奇怪的事情,但是仔细想想,却已经完全记不清梦的内容。

"没事,最近太累了。刚才你说找到了?"赵云平一边用手掌揉着眼睛,一边不动声色地岔开了话题。

"城东区汇周路18号!找到地址了!"程峰果然没再追问。

"我们走。"赵云平听到这个消息后,瞬间从椅子上弹了起来,脸上的倦容也消失殆尽。这一刻,他和程峰一样,似乎再也感受不到丝毫的疲倦。

两个人匆匆地出门,消失在人流当中。

第一层·乱码

S市城东区汇周路18号,这里是一片老旧的建筑物,一块挂着"万通互联"的牌子已经锈迹斑斑。

看门的只有一位老大爷。赵云平亮出证件,顺利地走进数据机房的大门。

程峰迫不及待地跑上了二楼,在简陋的机房里寻找着那台服务器。

时间一分一秒地过去了,机柜中的设备持续发出让人心烦的嗡嗡声。

"警察同志,您好,我是这里的负责人张学兵。"

这时,一个戴眼镜的中年男子突然出现在门口,看他满头大汗的样子显然是才匆匆赶过来的。

"张先生,您好,我是市刑警队的赵云平,我们发现有一个可疑IP在这里,希望您能配合我们。"赵云平边说边递过去一支烟。

"赵警官,机房里不能抽烟,我们一定全力配合警方调查。"张学兵一面摆着手,一面满脸赔笑地说道。

"张先生,您看看这个IP,能帮我们找到这台服务器吗?"

程峰直切主题,他觉得多一句寒暄都是在浪费宝贵的时间。

"哦……我去查一下。"说完,在程峰略带惊讶的目光中,张学兵打开了角落里的公文柜,拿出一本泛黄的册子。

❾ 破晓

"这里的服务器可有年头了，恐怕有的比你年纪还大。"张学兵一边翻着册子一边对程峰笑道。

程峰点点头，这时他也发现这里的一切都非常陈旧，现代数据机房中见不到的老爷机，在这里比比皆是。

"找到了，在 G-05 机柜。"张学兵很快查到了信息，伸手一指角落的一排机柜。

他的话音刚落，程峰就已经冲进了设备间。赵云平和张学兵赶紧跟了上去，很快他们就在角落发现了站在机柜前的程峰。

程峰面如死灰。

"怎么了？"赵云平诧异地看着他。

"你自己看吧。"

顺着程峰的目光看去，只见那个标号 G-05 的机柜里，除了厚厚的灰尘以外空空如也。

破旧大楼外，赵云平狠狠地在垃圾箱上捻灭了烟头。

"赵警官，我看你那位同事急匆匆地离开了，不会是什么大案吧……"

张学兵站在赵云平的身边讨好似的又递上了一根烟。这些年随着网络的日益发达，网络犯罪越来越频繁，他这个机房负责人也怕摊上这些麻烦事。

第一层 · 乱码

"他回去查些资料,不用在意。倒是你怎么没了一台服务器都不知道?平时怎么管理的?"

赵云平接过烟,看似说话间漫不经心,其实眼睛从未离开过他面前的这个张学兵一刻。

"赵警官,实不相瞒,这个机房其实很多年前就没人认真维护了。由于现在的数据机房要求都很规范,我们这里的大部分客户早在十年前就都搬到新机房了。"

张学兵帮赵云平把烟点燃,继续说道:

"可还有一些不愿意搬迁和无人认领的服务器,就一直在这里放着,我们平时做的也就是定期巡视一下。赵警官你看到的机房里的设备少说也都有二三十年了,都是些老古董。"

"G-05机柜更是在我参加工作之前就被人买走了,那个IP是买断的使用权,使用者是谁我们也查不到了。再说这也都是我来之前的老账了……"

张学兵絮絮叨叨地解释着,他没注意赵云平已经把目光从他身上移走,若有所思地看向了更远处的天际。

在谜团清晰之前,也许还需要一些答案。

云层叠峦,太阳就在其后。

程峰回到临时作战部,他坐在电脑前,把头埋在两臂之间。

❾ 破晓

IP 地址并没有帮助他找到那台服务器，设备不可能凭空地消失在这个世界中。

"连接失败，请重试……"

"连接失败，请重试……"

……

程峰看着电脑上不停向上滚动的信息心乱如麻。这些天里多少次他就这么呆呆地坐在屏幕前面，幻想着下一次出现的信息是"连接成功"。可是没想到这台服务器根本就不存在！

程峰宁可自己没有找到这个机房，至少那个时候他心中还充满希望，可是现在呢？现在又留下了什么！

"怎么办？晓秋，我该怎么办？"

程峰的双手插入头发狠狠地搅动着，他觉得自己似乎陷入到了一个无法挣脱的迷宫之中，任凭他绞尽脑汁，还是找不到出路。

"连接失败，请重试……"

"连接失败，请重试……"

一串串的字符仿佛是一串串的嘲笑。

程峰抬起手指，想要结束这种毫无意义的挣扎。

第一层·乱码

正当他准备按下停止键的瞬间，程峰看着电脑下方一串数字惊呆了。

"共发送请求 278598 次，连接失败 278595 次……"

统计数据让程峰情不自禁地颤抖起来，这台电脑竟然连接到那台服务器三次，而自己却一无所知！

"调取数据中……"

程峰点开数据统计，连接失败的提示消息如蚂蚁一般爬满了屏幕，可这些都不重要，重要的是他曾经成功过！

"第一条连接成功的命令是在连接过程的第 49822 次时，成功连接十分钟。"

"第二条连接成功的命令出现在 136222 次时，成功连接十分钟。"

"第三次也就是最近一次连接成功在 222622 次时，成功连接十分钟……"

程峰马上发现第二次成功与第一次的差距是 86400 次，而第三次成功与第二次的差距也是 86400 次！

程峰自己设置的连接请求是每三秒一次发送的，也就是说，每次连接成功的十分钟出现的间隔为 28800 秒，也就是 72 小时！

每 72 小时可以连接到那台服务器十分钟！

这个发现让程峰整个心脏剧烈地跳动着，他觉得心中难

⑨ 破晓

以平静，那是一种久违的看到希望的感觉。

上一次连接成功是在 222622 次，也就是说，在接下来的 309022 次时他将迎来下一次的连接成功。

还有不到三个小时！

程峰双手握紧了拳头，他终于等到了这次机会！

"晓秋，我会给你一个答案的。"

墙上的时钟依旧不停不歇地转动着，程峰觉得这几个小时无比漫长。

连接服务器的程序像无穷无尽的咒语，它无时无刻不在牵动着他的心。

程峰的眼睛死死盯着屏幕，他怕自己的计算有错误，更怕错过下一次的成功连接。

"你啊，真是一根筋。"

"程峰，别管水管了，我衣服都淋透了！"

"要是我们以后真的结婚了，你会对我好一辈子吗？"

"……"

程峰的脑子里不断出现任晓秋的音容笑貌，如果喜欢一个人是另一个人的幸运，那么爱上一个人就是另一个人的宿命。

"连接成功。"

在 2 小时 46 分钟后，程峰终于等到了他可以窥视命运

103

第一层·乱码

的一个间歇。

程峰的指尖冰凉,可是心中数百次的演练让他的动作没有丝毫停滞,准确无误地进入了服务器的系统。

十分钟的时间不短不长,但对于程峰攻破这台服务器已经足够了。

"已进入服务器……"

服务器内文件很多,程峰飞快地检索着所有和邮件相关的信息。一屏屏的字符快速滚动,让人目不暇接,但是程峰锐利的目光准确地找到了那一闪而过的信息——邮件备份。

从时间上看,这个备份至少存在了二十年!也就是说二十年来每一封从服务器发出的邮件,都在这个文件之中!这在一般的服务器上根本是不可能的,出现这样的情况只有一种可能,二十年来通过这台服务器发送的邮件数量并不是很多!

这让程峰心中又多了一分希望,无关的邮件越少,他就越能找到和任晓秋相关的信息。要知道从海量的数据中寻找特定的信息,就像在森林之中寻找一片特殊的树叶。

无论如何,先把文件保存下来。

一连串快速地敲击之后,程峰颤抖着按下了回车键。

"下载中……"

屏幕上出现的几个字让程峰稍微松了口气,他紧张地看了看自己手机上的倒计时,距离服务器断开还有 2 分 37 秒。

❾ 破晓

"快!再快点儿!"程峰死死地盯着屏幕上的进度条,每一毫米的前进都让他觉得漫长不已。

还有2分钟!

程峰攥紧了拳头,他的手心里全是冷汗,目光在进度条和手机上的倒计时之间转来转去。

30秒!

进度条已经走到了尽头,但是屏幕上却迟迟没有显示完成的提示,程峰知道还有最后几个字节正在传输中,这让他的心几乎跳出了胸口。

"下载完成。"

"服务器已断开。"

程峰重重地吐了口气,摔坐在了椅子上。但是马上他又弹了起来,直到在自己的电脑上看到那个文件完整地躺在文件夹中,他才又靠回了椅背上。

终于拿到邮件了……

"谢谢你,晓秋……"程峰在心中默念着。

倒了一杯浓浓的黑咖啡,做好了充足的准备,程峰才开始了下一步的工作。拿到邮件只是漫漫征途的第一步。

可是当他点开文件的时候,整个人却呆住了,本该是一封封邮件内容的文件,显示的却是一行行的乱码!程峰只能

第一层·乱码

凭借经验猜出邮件的位置!

一封、两封、三封……

程峰瘫倒在椅子上,所有邮件都是这样,那成篇的乱码像是命运对他的嘲弄。

程峰想起自己当时花了好几天才解开晓秋邮件里的几个字符,现在这么多的文字,即便是自己掌握了解密的方法,要解开全部内容,时间也绝对是一个天文数字。

十年?二十年?一百年?

程峰不想去计算答案。

"为什么会这样!难道这些邮件发送的时候已经变成乱码了吗?"程峰简直不敢相信自己的眼睛,这没有丝毫道理!

"零零零……"也不知道过了多久,电话铃声才把程峰从呆滞之中惊醒。

是赵云平。

下午五点钟,懒散的太阳把最后的几缕余光洒向大地。

路上的车辆越来越多,交通已拥堵不堪,又到了这座城市每一天的晚高峰。

有些人已经开始享受下班后的惬意生活,而有些人的工作却不能就此停止。

"小唐,别着急,前面就是了。"坐在副驾驶上的赵云

9 破晓

平又看了看开车的徒弟小唐,这小子一路开得着实有点猛。

"师父,你真的觉得程峰可以破译出那些邮件?"唐骏不停地按着喇叭,这路堵得让他心中甚是不爽。

"只要有一丝希望,就要追查到底。"赵云平把车窗摇了下来,心中不知道盘算着什么。

"这个人真的能帮忙?那玩意可不是谁都能接触到的。"

"不知道。不过这个人名下有很多高科技企业,而且他是我师父生前的好朋友。"

"希望有用。"唐骏一脚油门,在黄灯时转过了前方拥挤的路口。

赵云平点点头,他转过头刚想对唐骏说些什么,却发现唐骏脸上露出了一种冷峻的表情。这让他微微一怔,似乎自己在哪儿见过唐骏这样的表情,但是一时却又想不起来。

很快两人就来到了一处优雅的别墅区,唐骏把车停在外面等待,赵云平独自一人敲响了别墅的大门。

"赵警官是吧?他已经在里面等您了。"开门的是一位妙龄女子,冷艳的脸上没有丝毫多余的表情。

"嗯,打扰了。"赵云平说完踏步走进了豪宅。

"该来的总会来。我说过只要有需要就可以随时找我,我知道高昂的徒弟不会轻易放弃。"豪宅一楼的客厅里一

第一层·乱码

位老人坐在椅子上,他用一双睿智的眼睛看着走进大堂的赵云平。

"老人家,您知道这些年我一直在追查我师父的案件。"赵云平站在老者的对面开口说道。

"逝者如斯……"老者沉默了一会儿继续问道,"你发现了新的线索?"

说罢,他用枯树般的手指指了指空着的椅子,示意赵云平坐下。

"我发现一个人死前也收到了预警邮件!和我师父一样!"赵云平依旧站着,没有坐下的意思。

"呵呵。"老者轻笑道,"这么多年了,你还记得那封邮件。我没有记错的话,在你师父的手机上并没有发现你说的邮件。"老者手指轻点着椅子的扶手,脸上似乎露出了一丝不耐。

"死者是我师父的女儿!"赵云平走近了一步,沉声说道。

"什么!高昂的女儿!"老者似乎吃了一惊,"他女儿不是早就被带出国了吗?"

赵云平并没有回答老者的问题:"现在所有的线索都在一些诡异的乱码邮件上,但是用一般的电脑恐怕要几百年才能解开。"

"难道邮件真的存在……"老者沉吟了一下道,"好,我给你一个地址,那里的设备或许可以帮你,希望你好自

❾ 破晓

为之。"

妙龄女子把赵云平师徒二人送出大门后,又回到了老者身边。

"师父,那个女孩的事完全是个意外,我已经……"
妙龄女子的话还没有说完,就被老者伸手阻止了。
"这么多年了,也不在乎再试一次。"老者缓缓地说道。

第二天上午,程峰来到了一所科技机构,门口森严的武警让他知道这里绝不是一般的地方。

报上姓名,程峰很快就被带到了一间办公室。

"老赵,真的是超级计算机啊,你从哪儿找到的?"程峰遏制不住内心的激动,给赵云平打了一个电话。

"这个你不用管,赶快开始吧,我等你消息。"
"你什么时候过来?"
"警局有些事,回头再说。"

只用了一上午的时间,程峰就已经熟悉了这种超级计算机的语言。

硬件再也不是障碍,程峰兴奋地把所有数据导入到了超级计算机当中。

第一层·乱码

"第一任务数据恢复进行中……"

"第二任务数据恢复进行中……"

"第三任务数据恢复进行中……"

"……"

科技是第一生产力,程峰再一次验证了这句至理名言。

一切真相也许就会随着这次的突破浮出水面,到底是谁发的这些邮件,邮件里的内容是否会暴露出更多的秘密,程峰坐在计算机前等待着答案。

"第一任务数据恢复已完成。"

"第二任务数据恢复已完成。"

"第三任务数据恢复已完成。"

"……"

不过几十分钟的时间,一封封破译完整的邮件已经呈现在程峰的面前。

他小心地打开第一封邮件,乱码已经不翼而飞!

"你要相信我所说的话,这样才能避免不好的事情再次发生,记住,接下来的日子里你要加倍小心,危险就在你的周围。"

程峰在确定邮件是完整的后,又打开了第二封……

"程峰在酒吧后巷有危险,他会遇到劫财匪徒,他会死!"

"……"

程峰的脸色越来越差,不是因为随后这几封邮件的内容,

❾ 破晓

而是他发现了一件可怕的事情,所有邮件竟然出现了一个相同的巨大问题:

发件人是任晓秋,而邮件正文里的收件人……也是任晓秋!

通过超级计算机的显示,发件人正是任晓秋自己,程峰之前所查到的服务器地址只是一个中转站!

真正的发件人的 IP 信息竟然和收件人的一模一样,而且邮箱也是完全相同的!这些都是发自于同一个人——任晓秋。

程峰突然感到一阵眩晕,他不敢相信自己的眼睛,如果所有程序不是他自己完成的话,他根本不会相信会有这种结果发生。

世上不会有两个同样的任晓秋,也不可能出现两个相同的邮箱地址,而且它们在互相通信时还通过了一个中转站,这一切像是天方夜谭。

难道那天死的本该是自己?

视频中那天的一幕幕又出现在程峰的眼前,如果不是晓秋的尖叫,自己恐怕……

原来那天死的应该是自己!

可是为什么晓秋第二天出了车祸?难道说是因为她救下了本该死去的我?!

程峰的脑中一团乱麻。

第一层·乱码

"对了，服务器！"

"如果晓秋可以通过服务器发邮件给自己，那我也可以发给她！"

程峰觉得他对这个世界的认知正在发生着不可逆转的改变，自己所处的世界并非看到的这么简单。

"晓秋！你看得到吗？我是程峰！"

"不要出门！立刻回家！"

"立刻回去！否则来不及了！"

程峰好像着了魔，他一连编辑了三封邮件，尝试着输入了中转站的 IP 地址作为发送过去的第一站，然后编写了任晓秋的邮箱作为终点站。

最后，他大胆地输入了发送时间，正是任晓秋出事的那天。

"邮件已发送！"

当程峰做完这一系列动作之后，他突然觉得自己像个白痴。他不知道自己这几封邮件终究会发到何方。

点上一根烟，程峰瘫倒在椅子上，他仔细回忆着这段时间所发生的一切。

一股无法言语的情感一下子冲到程峰的脑袋上，他突然想起了被叫去警局的那天，晓秋收到的不就是这三封邮件吗？

难道邮件真的是自己发的？可是这些邮件怎么可能发到过去？

❾ 破晓

程峰的意识彻底陷入混沌之中。

"喂,小赵,一切还顺利吧?"电话那端是一个苍老的声音。

"多谢您了,我朋友上午已经开始破解了。"赵云平在公安局忙着整理高昂的所有案宗。

"这样就好。我想现在这个时间,你的朋友已经得到答案了。"

"多谢您,我这就过去看看。"

赵云平挂掉了老者的电话,他披上外衣,匆忙向程峰所在的研究所赶去。

"师父,你要去哪里啊?"唐骏看着赵云平的背影,开口问道。

"哦,走访个证人。"

不知为什么,这一次赵云平并没有对自己的徒弟说实话。

赵云平驾驶着汽车飞速在城市中穿梭,一下午程峰也没再给他打过电话,这让赵云平隐隐地有种不祥的预感。

"程峰,怎么样了?"

赵云平下车后,急匆匆地来到了那间办公室,程峰坐在角落里,并没有抬头。

"你自己看吧。"程峰不知脑子里在想什么,一副六神

第一层·**乱码**

无主的样子。

　　赵云平来到计算机前,他看到计算机桌面上破译出的邮件被放在一个文件夹里,打开后都是没有乱码的完整邮件。

　　他疑惑地回头看了看还在低头沉思的程峰,难道是邮件的内容有什么更大的秘密?

　　随着越来越多的邮件被打开,赵云平发现这里除了任晓秋,还有其他人发送的邮件。随着鼠标的点击,邮件的发送时间慢慢地向过往推进着。

　　"赵云平有危险,别让他去!"

　　突然,一封邮件好似一道霹雳,让赵云平觉得喘不过气来。这是师父高昂发送的!

　　赵云平发疯似的浏览着之后的几封邮件,很快房间里就只剩下电子设备的嗡嗡声,屋里的两个人竟然都陷入了自己的梦魇中。

　　当谜团渐渐清晰,真相往往让人感到恐惧。

　　房间里一片死寂,两个人不约而同地选择了沉默。

　　窗外淅淅沥沥地下起了小雨,他俩都没有注意到,房间角落里的监控正对着他们所在的方向……

⑩ 箭来

文／剧派网·惊马奔逃

第一层·乱码

警车里安静得可怕。

程峰蜷缩在汽车后座上,外面淅沥的小雨仿佛下进了他的心里。车窗外那一辆辆闪着光点的汽车,宛若急行的巨兽。他手上夹着一根香烟,弯弯的烟灰已经伸得老长。

无数个荒唐的念头在他脑海中一闪而过,盘根错节的往事让他如置梦境。突然,刺痛从手指传来,让程峰一惊。他赶忙把已经烧到尾部的烟头丢出了窗外。

猛然响起的剧烈咳嗽声使他把眼神投向赵云平。微微打开的车窗,让钻进来的细雨,打湿了赵云平的半个肩膀。仪表盘下的烟缸里满满地塞着烟头,有的还在散发着袅袅的烟气。咳嗽让赵云平的呼吸变得越发急促,可是他却又点燃了一根烟,塞在了口中。

程峰不知道赵云平在想些什么,与他表现出来的震撼相比,赵云平显得出奇的镇定,仿佛二十年前的那封邮件并不存在。可程峰却能看出,他一向挺拔的背影已经微微佝偻了起来。

程峰不觉得这一切是个残酷的巧合,相反,他认为这是一场弥天的阴谋,或者可以说是各种精神力量恶毒的联手捉弄。程峰感觉自己正在被一只巨大的黑手笼罩着,无论怎么挣扎,都只能越陷越深。

⑩ 箭来

警车缓缓地刺穿雨雾，拥堵的车流让赵云平渐渐烦躁起来。他开始用频繁的喇叭声，宣泄着心中的情绪，终于，赵云平让红蓝爆闪灯呼啸起来。

急打方向盘，警车惊险地穿梭在狭小的缝隙里。程峰紧握着拉手，映入眼帘的那头黑白相间的头发，让他觉得赵云平比自己更可怜。起码，自己没有被未知的谜团折磨二十年，最后等来的却是这么一个谜底。

雨越下越大，警车终于挤出车流，驶向了高架桥。程峰的衣服被汗水浸透。短暂的刺激让他的情绪舒缓了许多，他深吸了一口气，想要打破沉默。

"你信吗？"赵云平率先开口，如同打开了潘多拉的魔盒。

"信？我现在对什么是真实都产生了怀疑。"程峰无神地盯着窗外，"那些邮件颠覆了我所有的认知。"

"直觉告诉我，我们正在走向一个可怕的未知。"赵云平一打方向盘，警车驶向了一条岔道，这里已是城市的边缘，外面的车辆顿时少了许多。

"难道那个服务器真的可以联通过去和未来？"程峰呢喃着，"可为什么晓秋一直给她自己发邮件？未来的世界里，真的是我死去而晓秋活下来吗？可现在晓秋死了而我却活了下来，未来改变了吗？"

一连串的问题让赵云平再次沉默下来，多年的刑警经验

第一层·**乱码**

让他条件反射般化繁为简,作为科学的拥趸,他不相信那些玄而又玄且无法证实的东西,他只相信证据。从警 20 多年的经历,让他早就明白无论是看上去怎样神秘的事件,无论是多么不可思议的谜团,那一条条证据都不会骗人,只会平静地描述着最朴素的真实。

可是这次,证据直接把他指向了神秘的未知。

他所有的注意力全部集中在那台服务器上,程峰能从上面下载文件,说明它还在某处运行着。他确信自己一定遗漏了什么,这些细节就是整件案子的症结所在。

如果这一切是命运使然,赵云平只想和命运当面对质。

"存在即合理,你的那些猜想我们无法证实,当下要做的是找到那台服务器,还有那台服务器的主人!"赵云平声音趋冷,警车发出一声粗重的轰鸣后,消失在了斑驳的雨夜里。很快,一辆看上去丝毫不起眼的轿车也匆匆加速,向赵云平和程峰两人离开的方向疾驰而去。

……

高瓦度的灯泡将破旧的临时作战室照得亮如白昼,墙上的电视里还循环播放着任晓秋的那段监控视频,木制的长桌上摆满了文件,赵云平接过程峰递来的水杯,将手中的药丸一口吞下,漫长的思考不仅消耗着他的体力,更折磨着他的精神。程峰想让他休息,可他却连喝了三杯咖啡,以此表明

⑩ 箭来

自己的态度。

一本本资料被重新翻起,随着赵云平抽丝剥茧般的讲述,原本空荡的白板上被程峰画满了疑点和箭头。可直到烟灰缸里塞满了烟蒂,他们也没让整件事情得到一个合理的解释,因为顺着猜想深究下去,整件事情就像跌进了虚幻的泥潭,一切都变得虚无缥缈起来。

"赵队长,你师父牺牲之前你们一起查的是什么案子?"程峰味如嚼蜡般吃着泡面随口问道。

"毒案。本市有个制毒工厂,我们一直想给挖出来。"赵云平犹豫了一下回答道,毕竟二十年前的案子早已过了保密期。

"哦,工厂应该好查吧,原料把控得那么严。"程峰一边啜着汤一边说道。

"你知道的还不少,"赵云平瞥了一眼程峰,"关键是要抓住那个制毒的人,不然过一阵又会死灰复燃。而且,据说那个人很神秘,水平也高。"

"后来查到没有?"程峰的兴趣被勾了起来。

赵云平刚要回答,电话却响了起来,他看了一眼屏幕便拿起手机走到窗边。

"我没事,你不用来了,局里需要你。"赵云平用手指习惯性地敲打着窗户,"好了,小唐,早点儿休息,有什么需要我会告诉你的。"

第一层·乱码

挂了电话，赵云平站在窗子前，若有所思地看着落日的余晖。

"对了，刚才的事情还没说完。那人找到了没？"程峰和赵云平并肩而立。

"那个人？"赵云平挠了挠头，点上了一根烟，"二十年前的老案了，应该和现在没什么关系。"

"讲讲，毕竟是你师父经手的最后一个案件。"

赵云平深吸了口烟，他想起了警局门口那排杨树和那个远去的背影。现在那些挺拔的杨树枝繁叶茂，比当年高大了许多，可是从树下匆匆远去的那个人却再也没能回来。

就在程峰以为赵云平不会开口的时候，沉思了良久的赵云平终于开始讲述起了二十年前的往事。

"那年我记得雨水很多。当时我已经卧底大半年了。"赵云平的声音平静，但还是让程峰心中一惊，他没有想到赵云平还有这样的经历。

"后来我盯着的这个毒贩要和那个制毒的家伙交易，我们就准备来个一网打尽。可就在行动前几天我师父出事了。"赵云平说得简单，似乎并不愿意多提起当时的案情。

程峰点点头，追问道："后来呢？那个人找到没？"

"那个人很鬼，再也没出现过。"赵云平摇摇头，似乎要把这些回忆逐出自己的大脑。

⑩ 箭来

"再没出现过？会不会是个骗局，根本就没这个人？"程峰问道。

赵云平刚想回答，突然只觉得额角一阵剧痛袭来，似乎有根烧红的钢针狠狠地刺入了大脑。赵云平不由得身子一晃，赶紧用拇指关节死死地抵住了太阳穴。

"怎么了？没事吧？"程峰看出赵云平状态有异，赶紧扶住了他。

赵云平勉强摆了摆手，过了好一阵才说道："老毛病了……没事……"

程峰把赵云平慢慢扶到了沙发上躺下，只见赵云平捂着额头表情痛苦不堪，好一阵才缓解下来。

"呼……"赵云平长出了一口气，这次头疼来得毫无征兆，二十年来他已经被这个毛病折腾得筋疲力尽。

"老赵，怎么样？要不要去医院？"程峰拿着一杯热水关切地问道。

赵云平缓缓地坐了起来，短短的几分钟，汗水已经把他里面的衣服全部打湿，现在冰冰凉凉地贴在身上，让他觉得自己像是一条被渔网包裹的鱼。

"二十年了，没事，一会儿就好。"赵云平缓缓回答道。

紧接着他又说："肯定有这个人，我师父分析过他做的毒品，绝不是等闲之辈。"

第一层·乱码

程峰一愣,这才反应过来赵云平是在回答他刚才的问题。

"我师父是化学高才生,他总调笑说要不是他阴错阳差干了刑警,那些化学家早失业了。"赵云平补充道。

程峰点点头,这样看的话那个人确实是存在的了。他沉默了下来,显然是在思索着什么。

赵云平看到程峰的样子觉得有点奇怪,难道自己真的漏过了什么线索?

"怎么了?有什么发现?"赵云平问道,只要是和师父的案子有关,任何疑点他都不会放过。

程峰沉吟了一会儿才问道:"你师父的事情会不会和这个人有关?"

"调查结果是意外。"赵云平有点儿失望,这个可能性他考虑过不知道多少次了。

"那个人后来消失了,说明他有所察觉,对吧?"程峰突然抬起头,他的眼中似乎射出了某种光芒。

赵云平觉得太阳穴轻轻一跳。他扶住了额角,点了点头。

程峰接着说道:"你还记得那个黑衣人吗?他知道二十年前的案子!"

程峰的话犹如一道闪电劈开了迷雾!

赵云平激动得站了起来:"对!他不是警方的人,所以只能是从制毒人那里知道的这件事!"

⑩ 箭来

"对！黑衣人八成和那个神秘失踪的制毒人有关！"程峰补充道。

赵云平只觉得血液一下涌上了大脑：师父的案子、制毒人、黑衣人，整件事情一下子串了起来！原来这些都是那个制毒人设计的！虽然二十年前他的手法几乎天衣无缝，但是二十年后却露出了马脚！

突然又一阵剧痛袭来，赵云平哼了一声身子一歪又倒在了沙发上。窗外原本柔和的落日的余晖现在却让他觉得像是一道道尖刺，顺着双眼扎入了大脑。

"窗……窗帘！"赵云平用手臂遮挡着双眼，右手指着窗户。

程峰立刻反应了过来，他冲过去一把把窗帘拉了起来，又把灯也关上，室内一下暗了下来。

赵云平这才觉得疼痛缓解了一些。

每次只要想到二十年前的案子，他就会和头痛不期而遇，这也是他不愿意多提这个案子的原因。

"黑衣人……找到黑衣人……"赵云平挣扎着站了起来。但是剧烈的头疼很快又把他击倒在了沙发上。

"老赵，不着急，咱们一定能抓住他的老鼠尾巴！"程峰赶紧劝道。

"老了……"突然赵云平心中升起了一种无力感。如果

第一层·乱码

不是程峰,自己根本没有想到把黑衣人和二十年前那个消失的制毒人联系起来。

不过两个案件终于有了实质性的联系,这让赵云平激动不已。他感觉只要再往前突破一点儿,他就能刺破这迷雾,找到背后的真相!

二十年前的事情不好查,但是几天之前的事情一定会留下什么蛛丝马迹!任何事情的发生都会留下痕迹,赵云平坚信这一点。

……

经过一夜的休整,程峰和赵云平再次来到了警察局,程峰本来提议采用广撒网的方式,开展摸底排查。可赵云平却认为那样做的工作量太大。在得到授权后,赵云平和程峰开始了有限地区的甄别工作。

唐骏前往程峰居住的小区,把方圆几公里内,前后几天之间的监控视频全部复制了过来。再由程峰把神秘人的画像输入到识别程序之中,不停地与监控中的画面进行着比对。可随着进度条进行到了100%,最后的希望也随之破灭。三轮的比对,居然连一个嫌疑人都没有找到。

调查又一次陷入了僵局,一切似乎又回到了原点。

"什么都没有吗?"程峰颓然地倒在作战室的长椅上,

⑩ 箭来

"难道他还能人间蒸发不成?"

"没有无物证的现场,只有没发现的物证。不过这次真让我有点儿怀疑是不是出现幻觉了。"赵云平自嘲道。

一整天都是程峰在电脑前面忙来忙去。毕竟和电脑相比,人眼识别图片的速度实在是微不足道,这让赵云平觉得自己甚至是在拖程峰的后腿。

程峰抱着头在椅子上沉思,赵云平想安慰一下程峰,却不知从何说起。这种无力感让他很不适应。

嗯?!赵云平的目光偶然间落在了电视上。

"程峰!有发现!"突然赵云平喊道。

程峰一个激灵,赶紧挺起了身。

"你那个视频文件不小吧。"赵云平指着墙上的电视问道。电视的画面中,任晓秋正在一次次地向出租车冲去,躲避着来自身后的追击。

程峰一时没明白他的意思:"105兆,怎么了?"这个视频的一切细节他早已烂熟于胸。

"可你看这里。"赵云平转头操作着电脑,手法和程峰比生疏了不少。

很快赵云平就把破译出的邮件按文件大小进行了一下排序,这下程峰也发现了问题。

"最大的文件才不到1兆!这里根本没有视频文件!"

第一层·乱码

程峰惊讶得叫了出来!

"对!任晓秋救你的视频,根本不是这个服务器发的!"赵云平脸上也掩盖不住兴奋。

程峰和赵云平相视一眼,同时脱口而出:"有人伪装服务器发了视频!"

难得的默契,让二人相视一笑。

"一定是那个黑衣人,就算不是他发的,这些神秘邮件的事情他也应该知道!"程峰来回踱着步子,"所有的答案,全部指向黑衣人,只要找到那台伪装的服务器就能找到黑衣人,找到黑衣人,所有的事情都会水落石出!"

……

程峰马上投入了对那封视频邮件的破解之中,很快他就发现,这封邮件也经过了伪装。不过这些都难不倒程峰,安全专家和黑客根本就是一枚硬币的两面,程峰对破解工作可谓是信心十足。

与此同时,赵云平也一封一封地查看着之前破译出来的邮件,想从其中再寻找一些线索。

随着程峰破解工作的深入,他发现事情并不是那么简单。很快就连赵云平都发现了事情不对。

"怎么了?遇到困难了?"看着程峰把一箱提神饮料的

⑩ 箭来

最后一罐也一饮而尽，赵云平终于忍不住凑过去问道。

程峰随手把饮料罐捏成了一个铁饼，丢在了垃圾桶里。

"比想象的困难，加密方法非同一般。"程峰目不转睛地看着屏幕，一边继续尝试着破解一边说道。

"那就说明咱们找对了！"赵云平没有担心，反而有点儿兴奋。

"没错，如果随随便便就攻破了反而不好。就是要层层严守，才说明确实有秘密！"

此时的程峰斗志昂扬，自从任晓秋死后，围绕着这些乱码邮件的谜团一个接一个。而程峰从来没有像现在这样感到破解秘密的钥匙正在逐渐被自己掌握。

看到程峰专注的样子，赵云平放下心来。他又回到了电脑前，开始翻阅着那些破译出的邮件，邮件的数量很多，近期的好几封都是任晓秋发给自己的。很快，赵云平看着这些邮件也陷入了沉思。

突然，一阵开门声传来，气喘吁吁的唐骏走了进来。

"拿到了，师父。"唐骏挥了挥手中的档案袋。

"来，坐下，辛苦了。"赵云平点了点头，招呼唐骏坐了过来。

"有什么新发现吗？"唐骏看着铺满资料的桌子，余光

第一层·乱码

却不时瞟向程峰。

"还没有,那个新发现的服务器防护很奇怪,我还没摸到门……"

"两位!"赵云平打断了程峰的话,他一脸严肃地对两人说,"我有一个大胆的假设,或许能让我们多一条思路。"

"什么想法?"两人把目光聚在了赵云平的身上。

"刚才我在看那些邮件的时候,觉得那些邮件不是自问自答,而是两个任晓秋在隔空对话!"

"什么!"程峰惊讶地看着赵云平,"两个晓秋?"

赵云平点点头,在旁边的白板上画了一个长长的箭头,并在上面点了一个点:"这个箭头代表时间线,这个点就代表任晓秋。我一直在想,如果假设成立的话,那么另一个任晓秋又在哪儿呢?"

"是未来的任晓秋?"唐骏试探性地指了指箭头指向的方向。

程峰摇了摇头:"不对,晓秋已经死了,所以未来不会有晓秋……"说完,他的神态有些黯然。

"对,未来是没有任晓秋的,而过去的任晓秋也不会知道程峰有危险,那么真相就只剩下一个。"赵云平说着拿起了笔。在程峰和唐骏惊讶的目光中,赵云平在那个箭头下面又画了一个与之前平行的长长的箭头,然后他在稍微靠后一

⑩ 箭来

点儿的地方也点了一个点。

"平行世界!"程峰和唐骏异口同声地喊道!

"对,平行世界。"赵云平丢下笔,"排除了所有可能之后,剩下的无论多么荒谬,也是必然的答案……"

此时程峰突然说道:"晓秋救了我之后死于意外,而高队长救了赵队长之后也死于意外,是不是可以说他们的死真的是意外,是因为某种时空的规则?"

赵云平呆住了,他倒是还没有想到这个问题。如果真的是这样,那么自己苦苦追寻了多年的真相,难道就真的只是因为平行世界和其中那不可知的规则吗?

三个人同时陷入了沉默,平行世界的假设居然可以推导出这样的结果,这让所有人都有些眩目。

"师父,会不会是有人故意设计出来迷惑我们的?"沉默了半晌后唐骏问道。

赵云平先是摇了摇头,随后又点了点头:"很有这个可能,比起虚无缥缈的平行世界,我更相信是有人策划了这一切。只是我还没想出对方的目的是什么。"

作战室又一次陷入了沉默。每个人都在思索着自己的答案,如果真的有一个幕后黑手的话,那么他炮制出这个服务器以及整个的事件,目的又是什么呢?

第一层·乱码

均匀的敲门声突然响起。赵云平下意识地摸向腰间,低声问道:"谁?"

"小赵,是我。"苍老的应答声,瞬间让赵云平舒了口气,他急忙打开门,一位精神矍铄的老者走了进来。

"老先生,您怎么来了?"赵云平看着眼前这位师父生前的挚友,心中生出万分感慨。若师父还活着,也该是这样的年纪了。

"不打扰你们吧?"老者的表情似笑非笑,他环视了一下四周,随即把目光看向房间里的另外两个人。

"这两位就是你说的同伴?"老者问道。

"对,这位是程峰,网络安全专家,那些乱码就是他破译的。这个是唐骏,我徒弟。"赵云平向老者介绍着两人。

"老人家您好,多亏了您的超级计算机。"程峰赶忙走上去向老者道谢,老者只是摆了摆手,似乎全不在意。

而唐骏走过来和老者握手的时候,老者却心中一惊:"是他?"老者仿佛见了鬼一样盯着唐骏,但是随后他就低下了头,用几声咳嗽把自己的异样隐藏了起来。很快老者又恢复了平静的表情,他最后看了一眼唐骏,把自己的疑问深深地埋在了心里。

寒暄了几句,老者迈着步子打量着周围的环境,眼神最终落在了那块画了两个箭头的白板上。

⑩ 箭来

"我们正在分析各种可能性。"赵云平将他让在沙发上,"您怎么知道我们在这里?"

"我在局里可不是只认识你一个人。"老者笑着答道,随即话锋一转,"有进展吗?"

"一团乱麻。"赵云平很恭敬地递上一杯热水。

老者接过水说道:"几位介意说给我听听吗?或许,我这糟老头子能给你们提供些意见,别忘了我也是局里的顾问。"

"当然。"赵云平和程峰、唐骏三人相视一眼,"旁观者清,我们正需要更多的眼睛。"

时间悄然流逝着,随着赵云平的讲述和程峰的补充,一沓沓泛黄的档案被打开又合上,老者闭着眼靠在沙发上,仿佛老僧入定一般。只有赵云平讲到平行世界的猜测的时候,老者的眼神才陡然一变,不过随即又恢复了平时的神态。

"服务器可以连接平行世界……"老者用拐杖轻轻地敲击着地板闭目思考着。这样的说法虽然很科幻,但是作为几个顶尖科技企业的实际掌控人,老人对这些前沿理论并不陌生。

"一个人被救了,另一个人就会死……"他玩味着程峰刚才的猜测,似乎对这个说法也很有兴趣。

半晌老者才抬起头:"小赵,我倒是觉得这个猜测颇有几分合理性。不过毕竟只是一个猜测。关于案件我倒是没有什么想法,不过高昂的事情就是我的事情,你们有什么需要

第一层·乱码

随时找我。"

……

夜幕低垂,霓虹初上,整个城市似乎又躁动了起来。一辆豪华轿车平稳地穿行在城市的街道上。老者静静地坐在车里,眼睛紧盯着窗外。

"师父,我还是不明白您为何要帮他们,您的想法我越来越猜不透了。"正在开车的妙龄女子从后视镜里瞟了一眼老者。

"水至清则无鱼,我要做的就是把这水搅浑。"老者的目光越发深邃起来。

"师父,您似乎对那个唐骏很在意?"妙龄女子又问道。

"嗯,他让我想起一个故人。"老者的目光转向了女子,"从今天起,你盯紧这个唐骏,程峰那边可以放一放。"

妙龄女子点了点头,没有再问什么,车里一时安静了下来。

"二十年……我本来都放弃了……"老者低声呢喃道,他的语气不知道为什么带上了一丝颤抖,右手不停地摩挲着左手无名指上的一枚戒指。

很快他又恢复了常态:"天助我也!老天也在帮我给你们报仇!"他的声音变得热切而坚定。

嗖!汽车碾过一洼雨水,将黑夜彻底甩在身后。

……

⑪ 石破

文/剧派网·惊马奔逃

第一层·乱码

困局还是来了,带着某种悲壮。

瑟瑟的寒风吹了一夜,老旧的窗户发出的拍打声如一只左右摇晃的钟摆,提示着时间的流逝。

老者离开之后,程峰和赵云平又调查了几天,甚至这次唐骏也参加了进来,但依然毫无进展。

又是一个一无所获的夜晚,房间里逐渐安静了下来,似乎所有人对说话都产生了某种抗拒。赵云平闭着眼睛躺在沙发上,所有的证据都指向无法证明的猜想,这让他束手无策。

程峰坐在窗前的椅子上,他把目光投向了窗外的虚空,从漆黑无边到天空泛白,现场资料几乎印证了他的推测,可生死置换的想法却无法验证,所有的思路都陷入了泥沼。

唐骏站在窗边,目光随着纱窗上一只小小的甲虫缓缓地移动。他的表情不知道什么时候变得冷峻起来,让人不知道他在想什么。

剧烈的咳嗽声打破了沉默。赵云平倏地睁开眼睛,身形有些摇晃地朝门外走去。

"师父,天还早,您再歇会儿吧!"唐骏赶紧迎了上去,程峰也揉了揉酸涩的眼睛站了起来。

"不用了。"赵云平拉开门,涌进来的寒风让他瞬间缩

⑪ 石破

起了脖子，他若有所思地看了两人一眼，"都去睡吧。"他补充道。

急促的脚步声变成汽车的轰鸣声，消失在了凛冽的清晨里。唐骏出神地看着窗外，他知道今天是个特别的日子，在这一天，隐藏在赵云平心中的伤疤，将会被最大限度地扯开，接受最难熬的审判。

……

厚重的乌云兀自翻滚在陵园的上空，一块块墓碑成了这片悲戚之地的统治者，一个个可怜人在这里被画上了生命的句号。寒风裹挟着淡淡的白雾，让这片原本就很肃穆的地方，显得越发荒凉。

赵云平站在陵园门口，一遍又一遍地整理着他那身稍显紧身的警服。这身警服自从二十年前他最后一次在停尸房见到高昂之后，每年只有此时才会穿上。这身衣服上仿佛沾染了一种难以察觉却挥之不去的味道，哪怕已经过去了二十年，他依然能够闻到。也正是因为这种味道，才给了他游走在生死之间的勇气。

每年的今天，赵云平都会来到这里。或是带上一瓶老酒，或是带上几个高昂最爱的苹果，但今天他只拿了一个厚厚的袋子。他用袋子轻轻地拍着大腿，莫名地感到一阵惶恐。在他这个年纪，知道自己曾被人用命拯救过，心中的愧疚大过

第一层·乱码

感激。

许久之后,赵云平才迈着略显沉重的脚步走向陵园的深处,在这一天,高昂的第二十个祭日,赵云平感到从未有过的孤独。

冰冷的墓碑前,赵云平仔细地擦拭着墓碑上的雾气。厚厚的袋子躺在地上,一块金色的奖章被风吹得露出了绶带。赵云平擦拭完最后一处,把袋子里的东西倒了出来,几十张荣誉证书和几个金色奖章凌乱地落在了墓碑前。

赵云平把它们一一摆好,随后闭上眼睛在墓碑前久久站立着,似乎是在等待着什么。

"何苦如此?"一个苍老的声音在他身后响起,赵云平缓缓地睁开眼睛,他微微侧身,让一身黑衣的老者把一捧白菊放在了碑前。老者轻轻地拍了拍墓碑,用那干枯的手掌抚摸着碑上的文字。

"老伙计,还是你最舒服啊,一躺就是二十年。"老者的脸上满是感慨,躬身捡起一块奖章,端详着上面的文字,"也难怪你要拼死保护小赵,这样的警界人才当真难得。"

"老人家……"赵云平的声音变得有些干哑,疲惫的眼睛里挤满了血丝。他想去搀扶老者,却被老者摆手拒绝了。

"让我说完吧。我有太多话想对他说了。"老者拄着手杖,环顾着周围萧瑟的景象,似是陷入了深深的回忆中。

⑪ 石破

"老伙计,当年的你是何等的英雄人物!还记得你的绰号吗?战神!无往不利,战无不胜的神!那时的刑警队,你简直就是无所不能的象征!可如今呢?你还不是带着秘密和不甘心走进了坟墓!"老者说着顿了顿手杖。

轰隆隆……低沉的乌云终于将积攒的能量释放出来,细密的雨丝漫无边际地飘洒下来。

赵云平挺拔的身躯有些晃动,他的脸色越发苍白,帽檐上激起的雨花,让他的视线有些模糊,分不清是雨还是泪。

"我知道你的心思,你一直以来都把小赵当成自己的孩子。"老者把手中的奖章放回了墓碑上,"小赵没有让你失望,这些年他取得的功绩不在你之下,你泉下有知也该安息了。"

赵云平静静地听着,直直地站着,如同一块伫立的墓碑。

"你师父不想看见你现在这个样子。"老者拍了拍赵云平的肩膀,"斯人已逝,我们还能做什么呢?走吧,我还有些话想跟你说。"

雨,渐渐大了,整座陵园陷进了雨雾里。

陵园外的豪华轿车旁,撑着雨伞的黑衣少女朝老者迎了上来,却被一个眼神瞪了回去。老者拉着赵云平一路走到警车旁边,随后自己坐到了副驾驶的位置。

警车里,老者一边擦拭着身上的雨水,一边打量着一语不发的赵云平。车内雨水带来的寒冷终于被驱逐了出去,这

第一层·乱码

让赵云平僵直的身子慢慢地放松下来。

"小赵啊,我知道你很痛苦。"老者轻轻敲打着手杖,咚咚的声响让赵云平感到莫名的舒适,"你师父向来视你如子,你能有今日的成就,我相信他也死而无憾了。"

"我希望那天死的人是我。"赵云平闭上眼睛,胸膛缓慢地起伏着,他感觉天地有些旋转。

静谧的车内如同一个被隔绝的世界。赵云平感觉自己疲惫极了,两个太阳穴胀得有些发痛。这段时间积攒下来的疲惫和压力,让他处在崩溃的边缘。

"我相信换成是你,如果知道如何去拯救自己最亲近的人,也一定会豁出性命,对吗?"老者看着赵云平的眼睛,手杖敲击得沉稳而有节奏。

"是……"赵云平含糊地答应着,眼睛有些迷茫地看着老者,他的瞳孔似是被蒙了一层雾。

"睡吧,你太累了。相信自己的判断,明白吗?"赵云平努力挣扎的眼睛终于闭上了,低沉的呼吸声在车内响了起来。

过了很久,老者终于走下警车,一把撑开的雨伞把他迎进了雨幕里。

……

狂风呼啸,清冷的街道上空无一人,整座城市仿佛被定

⑪ 石破

格了。赵云平站在十字路口不住地张望着,他大声呼喊,可回答他的只有冰冷的风声。

地上落满的树叶,被赵云平踩得发出咯吱的声音。回望,凝想。赵云平不断地问着自己,这是哪里。

吱嘎!突如其来的刹车声,让赵云平拔腿跑去。

一辆倾翻的老式吉普车冒着黑烟横在他的眼前。一个浑身是血的警察,艰难地从车里伸出一只手来。

赵云平定睛看去,一张熟悉的脸,进入了他的视线里。那张脸满是血渍,却还笑着。

"云平,相信自己的判断,明白吗?"

"师父!"赵云平惊呼一声,想要伸手去拉。可地面突然震颤起来,赵云平感觉自己掉进了一个没有界限的黑洞。

……

"不!"赵云平猛地抬起头,雨已经停了,挡风玻璃上爬满的水珠让他的视线有些模糊,一个急切的声音在他耳边呼唤着。

"师父,您怎么了?"唐骏不知道什么时候坐进了车里,他正急切地拍着赵云平的肩膀,"您怎么睡这儿了?"

"哦,是吗?"赵云平呆呆地看着唐骏,唐骏伸出手在他眼前晃了晃,赵云平有点恍惚地擦了擦额头的冷汗,"没事,可能这几天太累了。"

第一层·乱码

"您人也不回,电话也不接,我在队里也坐不住啊!以后您还是带上我吧,不然我不放心。"唐骏走下车绕到了主驾驶的门外,可赵云平并没有开门的意思。他敲了敲窗户,赵云平才把车窗放下。

"师父,我来开吧。"

"不用了,你去队里把所有的资料再梳理一遍,我还是觉得自己遗漏了什么。"赵云平从后视镜里看到唐骏开来的警车就停在不远处。

"你放心,我没事。"说着赵云平关上了车窗。

"那些资料……"没等唐骏说完,赵云平就发动警车,把唐骏甩在了身后。

……

黑暗中,程峰静静地躺在沙发上。

离开临时作战室之后,程峰到家倒头就睡。虽然好几次被噩梦惊醒,但他还是强迫自己去休息。直到夜幕落下,四下沉寂。

鱼盆里的鱼嘟嘟地吐着水泡,程峰睁大眼睛呆呆地看着,似是在寻找,甚至是质询某种记忆。

当错乱如麻的线索,被逐渐整理成一个疯狂的念头时,程峰变得无比冷静。

或许……一个荒诞的想法从程峰脑中冒了出来,他慢慢

⑪ 石破

地坐了起来,又狠狠地摇了摇头。

"程峰。"呼唤声伴随着敲门声响起,程峰打开门,一身便装的赵云平低着头,挤了进来。刚一进屋,赵云平就略显急躁地把客厅的灯打开,点上一支烟抽了起来。

"休息好了吗?"赵云平挠了挠头,坐在了沙发上,样子十分急切。

"嗯,赵队长,您这么晚来是又发现什么新线索了?"程峰心中充满了期待。

"没有,我只是想让你再帮我理一下思绪。"赵云平从兜里拿出一张画着坐标轴的纸,纸上密密麻麻地写满了日期。

"好。"程峰略微失望地又把自己这几天的猜想和推断重新说了一遍。

"那如你所说,如果生死置换可行的话,我怎么做才能救下师父?是不是只要给师父发送预警邮件就可以了?"赵云平掸了掸烟灰,把程峰递给自己的温水一口喝下。

"我也在超级计算机上给晓秋发过一次警告邮件,还不是什么也没改变。"程峰眉头紧锁,"也许……"

"也许什么?"赵云平紧张地把香烟摁灭在了烟缸里。

"我想即便真的可以发邮件回去,也需要对方相信才行。"程峰的语气有一些含糊,似乎有什么欲言又止。

"让对方相信……"赵云平沉吟了一会儿,又抬头问道:

第一层·乱码

"程峰,你为什么不提前发出那些邮件?"

"提前发邮件?"程峰没有明白赵云平的问题。

"对,在这个时空里任晓秋收到邮件的时候已经出门了,你当时为什么不把邮件发到她出门前一小时甚至更早的时间呢?"赵云平皱眉问道,他指的是当时在研究所,程峰给过去的任晓秋发出的邮件。

"如果真的有平行世界的话,我想世界线之间的连接也是有限制的吧。也许只能连接到一些特定的时间点……"程峰疑惑地看着赵云平,他的问题让程峰感到一丝担忧。

看到赵云平低头不语,程峰继续说道:"赵队长,也许我们什么都改变不了,而且……"程峰犹豫着没有继续说下去。

"好吧。"赵云平似乎下定决心一般打断了程峰的话,他站起来拍了一下程峰的肩膀,"有什么新的想法随时告诉我。"

"好……"

在接下来的两天里,程峰和赵云平每天都泡在作战室里重复分析着枯燥的案情。唐骏从监控中心打来的一个个汇报电话,让他们彻底放弃了追查黑衣人的想法。摆在他们面前的,只有那一台每72小时连接10分钟的神秘服务器了,而它,也是让程峰保留希望的最后一根稻草。

落日的余晖洒满了作战室,赵云平沉默地抽着烟。程峰则坐在电脑前,眼睛不停地朝自己腕上的手表看去。屏幕上

⑪ 石破

的自动登录程序如期地运转着，距离再次登录还有二十分钟，程峰却觉得自己已经等了一个世纪。

"程峰，你觉得落日美吗？"赵云平看着窗外，他的身体被昏黄的光包围着，一条细长的影子铺陈在了地上。

"当然。夕阳无限好。"程峰走到窗前朝外望着，"晓秋最爱的就是夕阳。"

"夕阳无限好，只是近黄昏。灿烂如太阳，也终有落下去的一天，对吗？"赵云平看着窗外萧瑟的景色，指尖忽然颤抖起来。

"好好地怎么感古伤今了？"程峰久违地露出一丝微笑，可他忽然从玻璃的倒影中，发现赵云平的嘴角有些抖动，双手也不断地抖动起来。

"赵队长，你怎么了？"程峰诧异地看着赵云平。

话音未落，赵云平软软地朝后倒去，程峰急忙将他扶在怀里，赵云平捂着脑袋，痛苦地呻吟起来。

赵云平头痛发作的情形他见过很多次，但从没像今天这样猛烈。

程峰有些慌乱地从赵云平身上摸出一个药瓶，却发现是空的。他想拨打急救电话，却被赵云平拦了下来。

"不，时间快到了。"赵云平抓着程峰的衣领，"去给我买点儿止疼药，快！"

第一层·乱码

"好,你坚持住!"赵云平痛苦的声音,让程峰不敢耽搁地跑了出去。

汽车的发动声响起直至消失,躺在地上的赵云平停止了呻吟,作战室里只剩下了电脑运转的声音。

赵云平慢慢地从地上站了起来,他的脸上没有了一丝痛苦,坐在电脑前,他的眼中反而流露出从未有过的炙热。

"连接成功。"自动登录程序停止工作,一个服务器界面跳了出来。这些日子里,赵云平早就学会了怎么操作这些貌似复杂的程序。

"相信自己。"赵云平呆呆地呢喃着,双手快速地敲击着键盘。邮件的发送界面被调了出来。赵云平把中转站的IP作为第一站,把自己一直以来使用的邮箱地址输入了终点站。最后,把发送时间修改成了高昂临死前的一天。

面对最后的文本框,赵云平忽然放松了下来。他长长地呼出一口气,手指的敲击也慢了下来,脸上也流露出一种难得的释然。

"我是赵云平。"五个字刚被敲出,作战室的门就被猛地推开,一身便装的唐骏闯了进来,他四下望着,似是在寻找什么东西。而赵云平的敲击却变得快了起来。

"师父,程峰呢?"若有若无的嘀嗒声从他的身边响起,可赵云平却没有回答他的意思,敲击得越来越快。

⑪ 石破

"师父,你……"唐骏走向赵云平,显示器上的一切落进了他的眼里。

"停下!"唐骏神色骤变,纵身朝赵云平扑去,可他刚按住赵云平的双手,就被瞬间挣脱。唐骏想要去抓键盘,却被赵云平抬腿踢在了手腕上。唐骏不依不饶地想去拽赵云平的肩膀,又被赵云平反身按在了身下。

"师父,不行!"唐骏大声地咆哮着。

"小唐,你不懂,这件事情我早就该做了!"赵云平从腰间拿出了手铐,一半铐在唐骏手上,另一半则拷在茶几上。

"师父,听我说!先停下来!这封邮件发了就全完了!"唐骏咬着牙,额头上的青筋暴起。晃动的手铐发出的刺耳响声,不断地回荡在房间里。

"……一定不要去,不然你会后悔终生。"敲击声戛然而止。赵云平颤抖着右手把鼠标移在了"发送"按钮上,缓缓地闭上眼睛。

"住手!"一只大手从他背后探出,紧紧地箍住了他的手腕。赵云平想要挣脱,却发现那只手好像一只铁钳般夹住了自己,任凭他如何用力,都无法移动分毫。一个明亮的手铐铐在了他的手腕上。

"你!"赵云平一脸震惊地看着逃脱的唐骏,可唐骏的脸上再也没了方才的愤怒,眼中更多的是一种决绝,"放手!"

第一层·乱码

"好!"赵云平眼光微寒,左拳朝唐骏的太阳穴冲去,唐骏却丝毫没有躲的意思,任由这计勾拳重重地落在自己头上。赵云平感觉自己砸在了一块石头上,而唐骏却纹丝不动。

"你……"赵云平惊呼一声,左手迅速朝腰间抓去,可他还没摸到警枪,便被唐骏单手抓着衣领,用手肘抵在了墙上。

"师父不要动手。"唐骏毫无感情地盯着赵云平,"因为受伤的会是你。"

"是你!"一声怒吼从门口传来,买药回来的程峰一脸惊诧地盯着唐骏,"我记得这句话,你就是黑衣人!"

"什么?"赵云平震惊地看着眼前的这张脸,"不,不可能!"

唐骏丝毫没有解释的意思,他挟制着赵云平离开了电脑,把手铐的另一半拷在了身旁的桌子上。

"你要对赵队长做什么?!"程峰随手抄起门口的一把雨伞,朝唐骏冲了过去,"放了他!"

"我是阻止他去死。"唐骏冷冷地盯着程峰,对他手中挥舞的雨伞丝毫不在意。

"你觉得我会信你的话吗?"程峰挥起雨伞朝唐骏的脑袋砸去,唐骏不慌不忙地侧身躲过,他想伸手去夺雨伞,没想到程峰这招只是虚晃一枪,暗中却抬起膝盖朝他的裆下顶去。

唐骏眉头一皱,也是膝盖一抬,程峰顿时觉得自己的膝

⑪ 石破

盖像是顶在了一道水泥墙上。紧接着肩头一股大力传来,他被唐骏一拳砸得一个趔趄坐在了地上,手里的雨伞也飞了出去。

"你别动,我不想伤害你。"唐骏转身朝电脑走去,程峰奋力站起,紧走几步,猛地一跃,把唐骏扑在了地上。

"快来帮我!"程峰大声呼喊着,唐骏想要站起身来,却被程峰死死地压在地上,"赵队长,快!"

"让开!别逼我!"唐骏用力挣脱着,但此刻程峰却如同牛皮一般不断地纠缠着他。

可令程峰没想到的是,不知何时解开手铐的赵云平,并没有前来相助的意思,而是晃着身子来到了电脑前,拿起鼠标按了一下。

"你!"程峰看着这怪异的一幕,脑中忽然想起了赵云平那天晚上的来访,他箍在唐骏身上的手松了下来,"不不!停下来!"

程峰刚喊出来,赵云平就在按下鼠标的一刹那,瘫倒在了地上。

"完了!"唐骏站起身来,一脚将身旁的椅子踢了个粉碎!程峰这才明白,刚才唐骏对自己真的是手下留情了。

"啊!全完了!"唐骏抱着头吼叫着,他一把将程峰拽了起来,"都是因为你!这世界要完了!"

"这……我不知道……"程峰做着无力的辩白,他忽然

第一层·乱码

发现自己在绝对的力量面前,是那样的不堪一击。

"你们两个在干什么?"一声虚弱的质问,让唐骏松开了程峰。程峰惊喜地发现,原本瘫倒在地上的赵云平竟然撑着身子坐了起来。

"赵队长,你没事吧!"程峰跑过去将他搀扶起来,唐骏则不管不顾地冲到电脑前。屏幕上出现的"连接失效,发送失败"八个字,让唐骏兴奋地吼了出来。

"小唐这是怎么了?"赵云平迷茫地看着这一切,周围的一片狼藉和程峰脸上的伤更是让他疑惑不已,"你们刚才为什么打架?"

"刚才发生的一切你都忘了吗?"程峰惊讶地看着赵云平,他茫然的表情却不像是装出来的,"那你还记得什么?"

"我只记得自己在一座城市里,漫无目的地走着,然后一个声音不断地告诉我,要相信自己。"赵云平痛苦地摇着头,"相信自己能救师父。"

"然后呢?"唐骏冷冷地看着赵云平。

"想不起来了。"赵云平虚弱地倒在沙发上。

"催眠?"唐骏问道。

"不像,没这么简单。"程峰努力地思索着,"更像是某种心理暗示?我在杂志上看过,有人可以利用一些环境的因素或人为手段,来给人以强大的心理暗示甚至洗脑,让人

⑪ 石破

们不由自主地做出一些事情。"

"可谁能有这么大的本事将赵队长困住呢？"程峰的目光下意识地看向唐骏，唐骏却一言不发。

"你看小唐做什么，难不成你以为是他做的？"赵云平恍然发现，此刻的唐骏和往日里有些不同，尤其是那双眼睛，没有了往日的机灵，却多出一分沉稳。

"当然不是他。"程峰慢慢地靠近赵云平，倏地从他的腰间把警枪掏了出来，对准了唐骏的脑袋，"可他也不是唐骏！他就是我们一直在找的黑衣人！"

"别胡闹！"赵云平一愣，赶紧挣扎着想站起来阻止程峰，但是眩晕感却让他跌回了沙发上。

"赵队长，你还没看出来吗？刚才……"话音未落，程峰感觉眼前一阵劲风吹过，手中的警枪凭空消失不见了，却在一个恍惚之后，握在了唐骏的手上。

"你！"这惊人的速度让程峰瞠目结舌。只见唐骏将警枪一转，握着枪管递给了赵云平。

"年纪大了，脾气也该收敛一下了，别动不动就拔枪。"

那熟悉的声音从唐骏口中说出，惊得赵云平大脑一片空白，犹如置身梦境。他想起了那场大雨，想起了那场毫无还手之力的搏斗。

"赵队长，程峰说得没错，我就是你们一直要找的黑衣

第一层·乱码

人。"唐骏端坐在了赵云平的对面,"不过,你们放心,我不是敌人。"

"你是黑衣人!?那唐骏呢!"赵云平犹豫着要不要再次把枪对准面前这个陌生人。可是对方把枪还给了自己,显然并没有敌意。

"唐骏只是我的一个身份……"唐骏的脸忽然模糊起来,在眨眼的一瞬间,变成了程峰素描上的那张冷峻的脸,又在一瞬间变成了唐骏的模样。这超现实的一切让程峰和赵云平彻底陷入了无法言表的彷徨。而唐骏却是早料到他们会是现在的模样。

"我知道以你们目前的认知还不能接受,但我能告诉你们的是,我从未来回到现在,就是为了阻止某种毒品出现。"

"你是……来自未来?"赵云平疑惑地问道,他感觉一切都是那么荒谬,但是刚刚唐骏在自己眼前那变幻的脸,让他不得不正视也许唐骏说的是真的。

"对,这种毒品会毁灭世界!"

"毒品……毁灭世界?"赵云平太过震惊,他只是机械地重复着唐骏的话。

"对。"唐骏盯着他的眼睛继续说道,"就是二十年前您和高昂负责的那件毒案。"

⑪ 石破

"二十年前？二十年前！"赵云平的眼神立刻变得锋利，他一下从沙发上弹了起来，紧紧地抓住唐骏的衣领嘶吼道，"告诉我！你知道什么！"

唐骏没有挣扎："二十年前的事情我知道得很少。"他一脸平静，仿佛早已经知道赵云平会问出这个问题。

"你不是来自未来吗？怎么会不知道？"程峰忍不住问道。

唐骏转向程峰，一字一顿地回答："因为在我的世界里，高昂没有死。"

"对……师父没有死……"赵云平的手不自觉地松开了，他又一次瘫坐在了沙发上。如果说之前的结论都是猜测，让他心中还存着一丝疑惑，那么唐骏给出的答案就直接证明了，本来死的应该是自己！

"可这和毒品有什么关系？"程峰继续问道。

唐骏摇摇头："我只知道在我的世界里，高昂活着而且毒品出现了，但是在这个世界，高昂死了毒品却没有出现！"说着他飞快地看了一眼在沙发上捂着脸的赵云平，眼神中带着一丝不忍。

"那也不能证明毒品和高队长有关呀？"程峰立刻察觉了唐骏话里的漏洞。

唐骏点了点头："当然不只是因为这一点，还有很多线索都指向了二十年前的毒案和那个制毒人。"

第一层·乱码

"那为什么不直接找他?制毒人的身份你们肯定知道!"程峰疑惑地追问。

唐骏痛苦地低下了头:"我所在的时代人类在毁灭的边缘,所有的资料几乎都消失在动荡之中……"

"人类?毁灭?!"赵云平和程峰相视一眼,这条信息带给他们的惊诧程度不亚于得知唐骏的真实身份。

"你的目的到底是什么?!"

"我要找到配方。"唐骏缓缓地说道,"在不远的未来,新型毒品让我们几乎失去了所有的资料,只有找到配方,我们才能研究出解药,拯救我们的同胞——"

说到这里,唐骏顿了一下,他抬起头盯着赵云平和程峰的眼睛,一字一顿地说道:"他们也是你们的同胞,甚至也有你们的亲人……相信我,那是一个你们无法想象的未来……"

……

不知不觉已经到了深夜,唐骏的声音渐渐停了下来,作战室中又恢复了短暂的安静。程峰和赵云平呆坐在黑暗之中,跟随着唐骏的描述,一个无比恐怖的未来渐渐地在他们的眼前呈现出来:几乎所有的人都被毒品所侵蚀,他们野兽一样地互相杀戮、破坏着一切。而少数的幸存者只能在城市的废墟中躲躲藏藏,没人知道自己是否还能看到第二天的太阳……

⑪ 石破

"太可怕了……"程峰喃喃自语着,此时他已经完全相信了唐骏,因为无论是怎样丧心病狂的想象力,也都无法单凭想象就能描绘出这样一幅末世景象。

"对了,既然你们的科技可以回到现在,那你为什么不直接回到二十年前?"程峰再次问道。

"我没有回到过去,我只是在平行世界之间穿梭。这就像……"唐骏思索了一下继续说道,"就像每个世界都是一条河,从一条河到另一条河只有一些细小的支流联通着。"

"所以那台服务器就是一条支流!"程峰眼睛一亮。

"对。"唐骏赞许地点点头,"由于未知的原因,每个世界的时间速度都不尽相同,我能做的只有找到通道,来到新的世界或者回到之前的世界。而这个世界是什么时间却并非我能控制。"

"这么说,那些邮件真的是另一个时空的任晓秋发的……"程峰的眼眶湿润了,哪怕只是知道晓秋在其他世界还活着,也足以让他觉得宽慰不少。

"可你为什么要阻止我调查?"赵云平突然在黑暗中抬头问道。

唐骏没有马上回答,他站起身打开了作战室的灯。刺眼的灯光下作战室里凌乱不堪,到处都是刚才打斗留下的痕迹。

"正是因为怕造成今天的情况。"唐骏指了指屏幕上依

第一层·乱码

然闪烁着"发送失败"的电脑,他的声音变得冷峻起来。"你们的调查会让您尝试提醒高昂,那么另一个世界的高昂就不会死,毒品就会出现!"

"难道师父的死,真的关乎全人类的生死存亡?"赵云平将信将疑地看着眼前完全陌生的唐骏,程峰更是用眼神表示了自己相同的看法。

"那个一直在背后推波助澜地想让配方现世的人会是谁呢?"

程峰的目光看向赵云平,"恐怕就是那个对你做心理暗示的家伙。"

"可他会是谁?"赵云平努力地回想着,却什么也想不起来,"对了,小唐……哦不……"

"没关系,师父,我喜欢唐骏这个名字。"

……

此时的窗外一片漆黑,正是一天中最黑暗的时刻。不过就在这团黑暗的背后,光明正在悄悄地积蓄力量,不久的将来它将撕破一切黑暗,喷薄而出。

(12)

牌局

文／剧派网·小逗号

第一层·乱码

每年这个时节,天空总积聚着一层厚厚的乌云,让人看不到放晴的希望。

窗外的雨纤细悠长,却又义无反顾地落入这方厚土,似乎决绝地在与天空划清界限,又似乎在诉说着一个凄婉而又阴柔的故事。

如果说下雨是因为有云在哭,那此时头顶上的那片云,一定非常伤心吧?程峰站在窗边,胡乱想着。

他蓦然记起那日他偷偷潜入任晓秋家,曾经在她的日记本上看到过这样一句话:"倘若,这世上从未有我,那么又有什么遗憾,什么悲伤?生命是跌撞的曲折,死亡是宁静的星。归于尘土,归于雨露,这世上不再有我,却又无处不是我。"

绝笔一样的文字,沉重地击打着程峰的心。她是他一生的挚爱,他何尝没想过像赵云平那样,通过服务器将她复活?但是他更加坚信,晓秋既然舍命救他,就一定希望他好好活在这世上,只要他活着,有他对她的思念,那她就没有死,只不过是换了一种存在方式而已。

然而深情终究不及久伴,无论雨下得多大,也无法冲淡他心头的那缕悲伤。

"程峰,你在想什么?"赵云平熄掉了手中的烟头,将

⑫ 牌局

目光锁定在正发呆的程峰身上。

"哦,没什么。"程峰深吸一口气,暂时收拢住他信马由缰的思绪,"唐骏的话太过震撼,我还没缓过神来。"

"如果不是因为这段时间发生了这么多事,我肯定也不会相信他的话。"赵云平抬头望着天花板,表情木然,"平行时空,这个只在小说和电影中出现过的词,没想到真的存在。"

"本来我不该告诉你们,但事已至此,我也没有更好的办法了。"唐骏坐在电脑桌上,一支笔在他手中来回打转,"师父,程峰,我们的目的是一致的,如果你们还有疑问的话,我尽量回答。"

"还是别叫我师父了。"赵云平苍白地笑了笑,也不知道是在笑唐骏,还是在笑他自己。

"习惯了。"唐骏停止了手头的动作,把笔放在了桌上,"师父,这两年我虽然没告诉您真相,但是实在是因为我不能说。而且我从您那里学到了很多东西,在我心里您就是我的师父。"

"是啊,一晃就过了这么久。"赵云平低声嗟叹。他仔细回想,唐骏自从跟了自己,一直都对自己尊敬有加,甚至比一般的徒弟做得还好,种种往事一下涌上心头,让他有点儿不知该如何回答。

一时间作战室里安静了下来。

第一层·乱码

"先不说这些伤春悲秋的,"程峰靠在窗台上,拇指和食指托着下巴,"唐骏,你能再具体说说那个制毒人吗?关于他你还知道些什么?"

唐骏苦笑一下,"其实我知道的并不比你们多,在我们那个时代可以追查到的,只知道新型毒品的出现和高昂有直接的关系……"

"这不可能!我师父绝不会干那种事。"赵云平斩钉截铁地打断了唐骏的话,他目光锐利地盯着唐骏,全身都紧绷绷的,在师父的问题上他容不得半点儿指责。

"当然不是,这个可能性早就被排除了。"唐骏赶忙解释道,"但是有一些蛛丝马迹表明,制毒人很可能曾经和高昂队长有过接触。师父您也知道高队长的化学背景……"

赵云平点了点头,高昂的化学功底他了解得非常清楚,曾经不止一次高昂都调侃说,要不是当初干了刑警,恐怕自己早就是功成名就的化学家了。而且这深厚的化学功底也为他的侦破提供了非常丰富的手段。现在还在沿用的很多侦查方法,实际上就是当初高昂提出和完善的。

程峰凝眉沉思了一会儿说道:"也就是说,我们知道高队长和毒品的出现有很大关系,如果他没有牺牲,那么毒品就会现世。那个幕后黑手也同样知道这一点,所以他才会引我和老赵入瓮,好让高队长复活,是不是这样?"

⑫ 牌局

"你分析得没错。"

"这么说来,那个幕后黑手会不会来自你们的时代?"程峰说完这句话突然觉得一阵眩晕,制毒者来自未来,哪怕只是稍微思考一下这个可能性,他都觉得无法想象。因为这根本就打破了时间的界限和因果关系。

"不会的,从一条河到另一条河绝不是那么简单的,当时也是倾尽几乎所有的资源才把我送了过来。而且这个调查结果在我们的时代也是绝密。"

"可是除了你们那个时代的人,还有谁知道高队长和毒品的出现直接相关呢?"程峰追问道。

"还有那个制毒人!"赵云平的声音突然响了起来,"我们不知道制毒人是通过什么方法和我师父发生关联的,但是可以肯定,他非常清楚我师父的能力和作用!"

"那是不是说这个人一定很了解高队长?毕竟高队长公开的身份是刑警,外人是不会知道他的化学背景的!"程峰似乎抓住了什么,语气也急促了起来。

"没错!肯定是这样!没准我师父也认识他!"赵云平一拍大腿。

"太好了!没想到突破口在这里!"唐骏站起身在作战室里来回走动。两年以来他用尽方法暗中调查都一无所获,这样的发现让他激动不已。

第一层·乱码

他继续说道:"我们总结一下,这个制毒人很可能是高队长认识,而且他还擅长心理暗示……师父,您对这几天接触的人还有什么印象吗?"唐骏问道。

两人的目光都聚集在赵云平身上……

赵云平扶着额头,很努力地回想着这几天发生的事情。陵园、程峰家的对话、明亮的夕阳……突然,他的额角突突地跳了起来,这正是头痛袭来的先兆。

赵云平泄了气一样塌了下去,一瞬间他觉得自己老了。

他扶着额头紧闭着双眼,从未像此刻这样感到彷徨无助,"我记得那天去祭拜师父,然后我不知怎么就在车上睡着了……"

一个画面在赵云平的脑海里挥之不去,倾翻了的老式吉普车、伸向自己的血手……可自己在哪儿见过这个画面呢?他完全不记得了。

很快赵云平的思维陷入了死角……

"没关系,慢慢来,不急在这一时。"程峰的安慰并没有令赵云平释怀。

偏偏在这种时候……该死!赵云平痛苦地想着。

程峰不知道还能怎么安慰,只好背过身去,面向窗户。

雨帘之外是薄雾笼罩的城市,那些红的、黄的、绿的、蓝的光,在雨雾的晕染下,戴上了一圈毛边,仿佛近视眼的

⑫ 牌局

人摘下眼镜后看到的景致。

"程峰。"

"嗯?"程峰转头看向唐骏。

"你还记得那封包含任晓秋视频的邮件吗?那个不是我发的。"唐骏的话有点别扭,不过程峰还是立刻明白了过来。

程峰猛地一顿,全身像是有一道电流通过。

"对呀!既然不是你发的,那么就肯定是那个制毒人发的!只有他才会想让我们继续追查下去!"

"对!这是那个制毒人目前唯一的尾巴!"赵云平激动地说道,终于又有了一条可以继续追查的线索!这让他感觉到命运又被自己抓在了手里。

"这样,接下来我们兵分两路。程峰,你发挥你的专长,这几天先一个人调查下视频来源。小唐,我们去查下这几天到底谁接触了我,还有再排查一下我师父当时的社会关系!"

"好!""没问题,师父!"作战室里几天来的阴霾瞬间被一扫而空。

……

夜已经很深了,雨还在淅淅沥沥地下着,无休无止一般。

迎面擦肩而过的路人无不行色匆匆,面带倦容。程峰停下来,把手中的伞拿开,让雨滴尽情打在他的脸庞上。

他以前觉得下雨很惹人厌,阴冷潮湿,让人心情压抑。

第一层·**乱码**

但今夜，他前所未有地感觉到一丝舒爽，雨水恣意游走于身体所带来的凉意，让他整个人都变得清醒起来。

这就是晓秋所说的到处都是她吗？

在另一个时空里的任晓秋，是否也像他一样漫步雨中？他在想她的这一刻，她是否也正想着他？

他伸出一只手，假装任晓秋还站在他对面，假装他们和好如初，假装他不曾对她说过那些绝情的话……

程峰忽然顿悟了，世界上最遥远的距离不是生与死的距离，而是时空之间那道不可逾越的鸿沟。

理所当然，他最终没能握到任晓秋的手，他的掌心里，只有翩跹起舞的雨点。一行清水从他眼角滑落，而他分不清那到底是冰凉，还是滚烫。

之后的几天，程峰把自己关在家里，想尽一切办法追查视频邮件的来源。经过对比，他发现别的邮件的乱码，是以一种他几乎无法理解的方式呈现的，而这封邮件的乱码，则到处是刻意雕琢的痕迹。这个发现让他欣喜不已，因为他坚信只要是人为设置的障碍，就一定有破解的方法。

"晓秋，保佑我！"程峰看了一眼鱼盆里悠闲地吐着泡泡的金鱼，随后就一头扎入到程序和算法的海洋之中。

⑫ 牌局

在这段时间里,赵云平和唐骏则列出了几个赵云平觉得可疑的地方,经过层层调查,最后只剩下两个可能的场所——警局和陵园。

他们先调取了那两天警局内部的监控录像,没日没夜地看过之后,却没有任何蛛丝马迹,在警局和赵云平打交道的都是知根知底的老面孔,没有任何生人。

那么,可能的地方就只剩下陵园。但是当他们把陵园的监控调取过来后才发现,画面里黑乎乎一片,似乎是摄像头坏了。

他们两个相视一眼:欲盖弥彰!

这下几乎可以肯定,事情就发生在这里。

很快,赵云平和唐骏再次来到陵园。

天未下雨,可也没有放晴的意思。厚重的云层盘踞在上空,把原本湛蓝深邃的天染成了铅灰色,使人觉得沉闷。整个陵园被一层死亡气息笼罩着,置身其间,这种沉闷感越发凸显。

每次站在高昂的墓前,赵云平都百感交集。这次,他更多的是愧疚。

然而,他却忘了那天他来时怀揣着怎样的心情。可曾谢过高昂的救命之恩?有没有给他带来一瓶他最爱喝的老

第一层·乱码

酒？……他不记得了，通通不记得了。

只有那辆倾翻的吉普和那只伸向自己的血手……还有这该死的头痛……

"想起什么了吗？"唐骏陪赵云平已经站了半个多小时，几次犹豫之后，他终于还是选择打断赵云平那缥缈的思绪。

赵云平摇摇头，没有说话。

或许，只有目睹一切的高昂才能告诉他们答案。而此刻的高昂，隐匿在墓碑上的照片里，表情肃穆，无悲，亦无喜。

一缕风扫过，带着些许凉意，似乎预示着这个夏天的终结。

萋萋青草附和着摇头摆脑，仿佛在嘲笑世人的一无所知。

"实在想不起来就算了。"唐骏揉了揉鼻子，他有些受不了这里的氛围。

可赵云平不愿离开，一想到高昂的牺牲，甚至在另一个世界都无法避免，再想到幕后黑手还逍遥法外，赵云平心中就涌起一股怒火。这光怪陆离的人世间，总是为善的受贫穷命更短，造恶的享富贵又寿延。天地做得个怕硬欺软，却原来也这般顺水推船。都说苍天有眼，细想一下，不过是无聊人的瞎扯淡！

好恨！

"我一定要把你揪出来！"赵云平一掌拍在了墓碑上。

突然的爆发吓了唐骏一跳，在他的印象中，赵云平一直

⑫ 牌局

冷静沉着，从没见他这样暴躁过。

"师父，您的手！"这时唐骏发现一缕鲜血顺着赵云平垂下的手指滴落，他赶紧手忙脚乱地想找一些东西帮赵云平处理一下伤口。

"走！"赵云平一挥手，转身就向陵园外走去。手上的刺痛让赵云平清醒了很多，与其在这里空发脾气，还不如再去调查看看有什么线索。

就在这时突然赵云平一个趔趄，幸好唐骏眼疾手快地扶住了他。赵云平低头一看，原来是多日的阴雨让地面上长出了不少青苔……

真的老到连路都走不稳了吗？看来，等破了这个案子，我就该退位让贤了。赵云平暗自苦笑。

"没事，走吧。"他表面上波澜不惊地推开了唐骏的搀扶，又大步向外走去。

三人约在临时作战室见面，互相还未开口，已然从各自迷茫的眼神和浑噩的表情中看到了结果。

"你们也没查到些什么吗？"程峰先开了口。

"只知道是在陵园，但是监控被破坏了，什么也看不到。"唐骏轻叹了口气，一脸无奈，"你呢，遇到高手了？"

"什么狗屁高手！"显然，程峰憋了一肚子怨气。

第一层·乱码

"到底怎么回事？"赵云平点上一支烟问道。

程峰压了压火气，才继续说："这个 IP 用的是一种加密算法，你就当是一种密码。"

"嗯，那可就有点儿难搞了。"身为刑警，赵云平对密码还是略知一二的。

"屁，简单得很。"程峰不由得骂了一句。

赵云平和唐骏互看了一眼，两个人都没明白程峰的意思。既然算法简单，那为什么破解不了？

程峰看着两人困惑的表情，继续解释道："这么说吧，服务器就好比是个保险柜，加密算法就是保险柜的锁。"

赵云平点点头表示理解，这个比喻和他想象的差不多。

程峰继续说道："有的算法高级，就好比是那种高级的锁，带指纹带声纹，甚至还有视网膜扫描，同位素检测什么的。简单的锁就好比库房用的那种大黑疙瘩。"

赵云平继续点头，这个比喻他觉得很形象。

程峰一边比画着一边继续说："这台服务器用的就是那种大黑疙瘩。"程峰又说道，"只不过一般锁门只用一把锁，好点的防盗门有个两三把锁也就了不起了。"

赵云平嗯了一声，表示自己还能跟上。

"可是这台服务器，用了不知道多少把锁来锁同一扇门！这根本就是对加密的侮辱！"

12 牌局

"锁了多少道？就是费点儿时间吧？"唐骏试探性地问到。

"不知道，我的电脑已经算是顶级的了，差不多平均半小时可以解开一道，但是程序已经跑了……"程峰转头看了看时间，"三十个小时了……"

一时间三个人都沉默了下来，谁也没有了开口的欲望。

半晌，唐骏才说："你估计还得多久？"

"既然对手用了这么卑鄙的方法，我估计恐怕要以年计算。"程峰自嘲地笑了笑，"除非……"

"除非什么？"唐骏向前探了探身子，眉头紧皱。

"除非量子计算机发明。从理论上来讲，一个40位元的量子计算机，就能解开1024位元传统计算机花上数十年才能解决的问题。"

唐骏没再发问。他知道未来发生了什么，也知道人类离量子计算机的正式问世，还有很长的一段路要走。

服务器和心理暗示两条线全被堵死，团队一蹶不振，士气低落到了极点。

他们一步一个脚印地走到了这里，现在前功尽弃的话，未免太可惜。赵云平毕竟经验老到些，很快就调整好了自己的心态，鼓舞道："别灰心，这两条路不通，我们还可以尝试着找别的路来走。就算没有路，我们也要慢慢摸索，路都

第一层·乱码

是人走出来的。"

"老赵,哪有你说的那么容易啊。"程峰有气无力地垂着头。

"我师父说过,只要是人做的事,就一定会留下痕迹。如果我们继续调查下去,总有一天会找到那个幕后黑手,事在人为!"赵云平此时决不允许自己也一起陷入消沉。

"你说的我都懂,我也会不遗余力地继续调查,"程峰看向赵云平,"但是目前的情形太过棘手,我们上哪儿去找那条不存在的路?"

"要不再去借用下超级计算机?"赵云平沉吟了一下问道。

"我看行!虽然不如量子计算机,不过比我这个可强多了。"程峰一下从椅子上跳了起来……

偌大的屋子里,老者凝眉闭目沉思,俨然一尊佛像。若不是他鼻翼轻微地翕动,极有可能让人以为他是一尊泥塑。

在他的面前,是一方低矮的紫檀几案,上面的茶具古朴雅致。几案之旁,一个年轻女子正襟危坐,正聚精会神地烹茶。

干瘪的茶叶在潺潺水声中一片片舒展开来,淡雅的热气随即袅袅升起,弥漫了整个房间,令人心旷神怡。

懂茶的人都知道,一泡醒,二泡茶,三泡四泡是精华,

⑫ 牌局

可年轻女子却等到第五泡的时候才捧杯奉上。

老者缓缓睁开眼,握住茶杯边缘,吹了吹腾腾蒸汽,抿了一口,满意地点点头。

"事都办妥了?"老者把杯子轻轻放回几案上,沉声问道。

"万无一失。"年轻女子明眸皓齿,谦恭地低着头。

老者点点头,片刻他又问道:"那个唐骏你调查得怎么样了?"

"我查过他的档案,信息少得可怜,但是没发现异常。"年轻女子咬着嘴唇,"不过,也有可能这只是他的伪装。"

"嗯……"老者似答非答,他的目光聚焦在虚空中的一个点,像是全神贯注地看着什么,又像是什么也没看。

不知道为什么,最近他总觉得有点儿不安。这种感觉并不完全是因为嗅到了危险,实际上,更像是等待多年的事情终于要有了结果……

他回忆起了很多事,想起当年他靠着手里那几张极烂的起手牌,在一番苦心经营之后,才有了今天的一切。名和利,他早就看淡了,他心中只剩下最后一个目标,为了这个缥缈的目标,他不惜隐忍了二十年。

二十年!每当他想起二十年前那个绝望的日子,都觉得是命运和自己开的一个巨大的玩笑!

第一层·乱码

二十年！他从一个年富力强的中年人，变成了一个白发苍苍的老者，个中滋味，只有他自己能体会。

终于这样的隐忍没有白费，事情突然有了转机……难道冥冥中真的有天意？

老者轻轻转着手上的戒指，久久不语。

突然，年轻女子碰了下埋在秀发里的耳机，她双眉紧了紧，说："师父，赵云平和程峰，还有唐骏来了。"

老者微微一笑："说曹操曹操到。走，去会会他们。"

程峰、赵云平和唐骏坐在客厅里等了没多会儿，老者便在年轻女子的搀扶下缓步走了出来。

寒暄过后，赵云平说明了来意："老人家，我们这次过来，是想再用一下那台超级计算机。"

"还是关于你师父的案子吗？"老者和蔼地笑道，"有没有新的进展，介不介意跟我说说？"

"也谈不上什么进展，就是查到一个服务器的IP地址，但是这个地址加了密，我们想试试超级计算机能不能破解。"赵云平和盘托出，没有任何隐瞒。

"好！我这就帮你们联系。"老者微笑着给年轻女子递了个眼神，年轻女子会意，掏出手机交给他。

老者拨了号，当着他们的面讲道："小刘啊……对，又

⑫ 牌局

是我……快别这么说……哈哈哈……我问下,那台超级计算机现在能用吗……哦?是吗?……要多久……这样啊,行,我知道了……好……好……改日,改日一定请你来家里吃饭……说定了……行,那就先这样。"

"怎么?有问题?"赵云平听到老者的话,心中已经有了不好的预感。

"嗯,出了点儿问题,计算机在维护,还不知道要多久。"老者放下手机,极小幅度地摇了摇头。

三人你看看我,我看看你,眼中都有一丝失望的神色。

"十分抱歉,这次没能帮上你们的忙。"

"您这说的哪里话!"赵云平挺了挺身子,难为情地说,"我们几次三番麻烦您,都不知道该怎么感谢。"

"都是自己人,见外了。"老者微笑着答道。

"既然这样,那我们就不打扰您了。"赵云平起身,准备告辞。

老者送他们到门口,说:"没事的时候常来转转,陪我这个老家伙聊聊天,下下棋。"

"一定,一定。外面凉,您回去吧。"

玄关处,唐骏身形突然微微一顿,似乎有什么引起了他的注意。不过很快他就恢复了常态,笑着向老者道别,跟着走出了大门。

第一层 · 乱码

不过当大门在他身后关上之后,唐骏脸上的笑容却逐渐消失了。一个疑惑在他的心中慢慢地升起……

他真的是自己人吗?

玄关鞋架上那双布鞋边缘的绿痕在他眼前挥之不去。

⑬

珍珑

文／剧派网·惊马奔逃

第一层·乱码

警车很快消失在拐角，破云而出的阳光为整个世界镀上了一层淡淡的黄色。

老者站在大门前，刚才和善的笑容已经从他脸上消失，一切都显得波澜不惊，除了他眼中那倏忽而逝的光。

腕上的檀木珠串不知何时褪了下来，在他手上发出细微的碰撞声。他不信佛，只是习惯掌控一切的感觉。

"师父，有什么不妥吗？"年轻女子蹙着眉。她脸色冰冷，举手投足间所散出的风情，却透露出一种冷艳诡异的美。

老者没有回答，他闭上双眼，珠串也在他手中推捻得越来越快，这让年轻女子闻到了一丝不安的味道。

渐起的冷风，吹散了落叶，吹慌了人心。

老者睁开双眼，"有问题！"推捻声戛然而止。

"谁？谁有问题？"年轻女子的双拳瞬间握起，那嫩白色的拳背上凸起的青筋昭示着力量，若有人敢轻视这双拳头，定会付出血的代价。

"眼睛说不了谎。"老者转身疾行，"他们一定是发现了什么，我感觉到了！"

急促的脚步声在别墅里响起，老者和少女一前一后地来到了一楼的书房，推门走了进去。

⑬ 珍珑

书房里随处可见的艺术品，彰显着主人的实力和品位。厚重的银灰色地毯上，一列古朴的书柜在阳光下折射出沉寂的光，墙上悬挂的一个鹿头标本和一张巨大的弓，让静谧的房间里多出一份肃杀。

老者揉了揉太阳穴，站在了鹿头前。鹿头那漆黑的眸子有些悲伤，宛若深渊。他伸出双指按向了那眸子。

熨帖的地毯忽然陷进去一个方洞，一团橙黄色的光涌了上来，光线之下，赫然是一道筑造精细的步梯。

二人也不多言，顺着步梯走了下去。陷进去的地方自动闭合了，一切恢复如初。

步梯的尽头是一片开阔的空间，精细布置的灯光，让所有角落都一览无余。一排排高大漆黑的机柜码放在墙角，一根根拇指般粗细的光缆沿墙敷设，延伸到整座建筑的每一个角落。

机柜正前方的长桌上，几块显示器正在散发着淡淡的光辉。

"今天的录像。"老者的声音稍显急促。

"是。"年轻女子不敢迟疑地坐在了电脑前，随着她手指的敲击，别墅内外所有角落的影像，都变成一个个方块，出现在了电脑屏幕上。

"好了，师父。"年轻女子恭敬地让出座位，老者一脸肃穆地坐在了电脑前。他滑动着鼠标，将大厅的影像进行着

第一层·乱码

倒放,最终停在了他和赵云平等人谈话的画面上。

画面上赵云平正在诚恳地说着什么。老者点击暂停,再次回看,如此循环往复,看了足有十几遍,方才停下。

"您觉得赵云平有问题?"年轻女子盯着赵云平那张被定格且放大之后的脸,狐疑不已。

"你看他的眼神。"老者的眉头皱在了一起,"很炙热,有一种胜利在望的感觉,他一定是察觉到了什么!"

"可我们每一步走得都很谨慎,甚至完美……"年轻女子小声辩驳着。

"完美?哈哈哈哈!"老者干枯的笑声让密不透风的房间里,弥漫起了杀意,"如果真的那么完美,我们现在还用坐在这里,去猜测一枚棋子的心吗?"

"师父……"年轻女子脸露尴尬,原本高傲挺拔的身躯躬了下来。

"我有一种不祥的预感。"老者的手指在桌子上轻轻敲打着,"这种感觉已经消失很多年了。我们接下来必须步步为营,否则就会满盘皆输。"

"师父既然这么担心,不如我现在就去了结了他。"年轻女子说得云淡风轻,仿佛别人的生死只是一件微不足道的事情。

"杀?"老者的目光落向了左边的角落,那里有一张古

⑬ 珍珑

朴的棋桌，上面黑色与白色的棋子犹如两队士兵绞杀在一起，一时难以看出胜负，正是一个巧妙之极的"珍珑"。

老者来到桌前，轻轻捏起一枚黑子缓缓落下，顿时棋盘上局面一变，黑子已成合围之势。

"珍珑虽然精妙，但最怕有人误打误撞。"老者又捏起一枚白子，却迟迟没有落下，"如果赵云平死了，警察恐怕会发疯。我们最近和他来往过多，多少会被影响。"

"而且，我的计划还需要他。"老者眼睛盯着棋局，似乎还在寻找白子破解的方法，"不过相对于赵云平，你要注意另一个人。"

"唐骏？"年轻女子看着屏幕上的三张脸。

"唐骏！"老者迟疑片刻，终于把白子收回掌中，"你看看回放。"

年轻女子急忙去看，可看了好几遍也没发现什么疑点。

"他一开始的脸色并没有异样。"老者随手将白子扔在棋盘上，来到了电脑前。"但是临走时，他的眼神忽然变得有些疑惑，甚至有些冰冷。那是一双鹰隼般的眼睛，我感觉到了它的锐利！"

老者将唐骏的图像放大，最终停在了他的眼睛上。

"一个人的情绪在短时间内突然发生变化，即便他隐藏得再完美，也会通过眼神表现出来，哪怕只是一瞬间。他一

第一层·乱码

定是发现了什么。而且这个人的来历我一直放不下心,我想他和二十年前的事一定有什么渊源。"

"那我们下一步怎么办?"年轻女子神色凛然,丝毫没了轻松的模样。

"按部就班。"老者站起身来朝步梯走去,"不过,从现在开始,你一定要盯紧唐骏,我要知道他所有的动向。"

"是。"

老者离开了,年轻女子在电脑前不知道操作着什么。可谁都没发现,刚才老者随手扔下的那颗白子,不但阻挡了黑子的合围,更盘活了残存的白子。一盘必死的棋局,竟然隐隐有了生机。

……

警车离开高架桥,车头一转,朝临时作战室开去。

程峰和赵云平在后面说着什么,唐骏却完全没有在听,他左手把着方向盘,右手娴熟地拨动着档位,如果程峰足够细心的话,会发现唐骏的右手指关节,因为握得太紧而显得有些发白。

车停了下来,雨后的郊外有种别样的美,可车上的人却没心情欣赏。

程峰下了车,却发现唐骏并没有熄火。

"你们不进去吗?"程峰有些意外,他看向赵云平,赵

13 珍珑

云平也有些不解。

"师父,让程峰去休息一下吧。咱们接着去排查。"唐骏用眼角的余光瞟了一眼程峰,他捕捉到了程峰脸上的不悦,"程峰你也别着急,你继续追查乱码的线索,咱们有情况随时联系。"

程峰转向赵云平,赵云平没有说什么,只是低头点了一根烟。

"好。"程峰回答得不咸不淡。他双手抄兜,看着警车消失在了视线的尽头才转身走进作战室。

刚一进门程峰就倒在了沙发上沉沉地睡去了,当他再次睁眼时,周围已经被黑暗包围了。

一个人若置身黑暗,听觉就会变得极其敏锐。铁窗被风吹起的拍打声、钟表的嘀嗒声,一切细微的声响都传进了程峰的耳中,他忽然觉得自己胸口发闷,眼眶发热。

程峰猛地坐起,大口喘着粗气,一滴冷汗顺着他的鼻尖滑落。他惊讶地发现,原来自己已经开始害怕孤独。

明亮的灯光亮起,飞快地解决了晚餐后,程峰再一次坐到了电脑前。

熟悉的乱码,熟悉的邮件,熟悉的一切,他突然有些茫然,甚至不知道自己还能做些什么。

他机械似的再次尝试了几次解析 IP 后,便彻底放弃了。

第一层·乱码

在海量的未解数据面前,程峰知道自己做得再多,也是徒劳。

程峰再次翻看起那看了无数遍的邮件,不知为何,他忽然有点怀念乱码还没有解开的日子,当时他终日忙碌根本顾不上什么伤感;而现在,哪怕是作战室中的这份安静,也让他畏惧起来。

他的目光下意识地扫过一行行的乱码,正是这些曾让他绞尽脑汁、身陷险境的枯燥符号,穿越时空,来到了这个世界,竟然还鬼使神差地拯救了自己。

这看似荒诞的一切,让程峰在蒙胧中,感受到了一丝爱的真谛。

程峰的眼睛湿润了,他任由眼泪滑下面颊,任晓秋此时在他的心里已不只是恋人,她更像一种灵魂的羁绊,像一道温暖的光。

倏地,屏幕右下角跳出一个晃动的邮件图标,一封满是乱码的邮件映进了他的双眼。

程峰狠狠地揉了揉眼睛,他怀疑自己出现了幻觉,因为那乱码的格式实在太熟悉了,和任晓秋邮箱里那些邮件一模一样。

他条件反射地拿起了手机,可刚拨出赵云平的电话就又迅速挂断,因为他想起了那台伪装的服务器,想起了那些躲藏在黑暗中的敌人,这封邮件很可能又是一个阴谋。

⑬ 珍珑

冷静,程峰告诉自己要冷静。案件调查到现在,大家受到的打击已经够多了,程峰不想再因为一封还未破解的邮件,扰乱大家的心绪。

清脆的敲击声响起,仅仅几分钟,一行行冗杂的乱码就变成了清晰的文字。

啪!程峰的手按在了键盘上,屏幕上的文字让他浑身颤抖起来。

"程峰,我是晓秋。你还好吗?"

发件人:任晓秋

程峰狠狠地揉了揉自己的双眼,而那一行熟悉的 IP 让他感觉自己的理智正在消散。

"不,不可能。"程峰自言自语的声音越来越大,他迅速输入了连接服务器的指令,那台位于时空节点的服务器竟然毫无阻滞地登录上了。这时程峰才意识到已经又到了服务器可以连接的时间。

程峰颤抖着双手,他慌了,他不知道自己该怎么做。可十分钟的时限,让他不得不做出行动。

"你真的是晓秋吗?"

程峰按下了发送键,可连接失败的提示,提醒他已经错过了这次机会。

"不!"程峰激动地拍打着键盘,桌上的文件被他情绪

第一层 · 乱码

失控地打落在地上,散了一地。

"程峰你怎么了?!"推门而入的赵云平和唐骏,看着激动异常的程峰,脸上俱是震惊不已。

"对不起……我……"程峰有些慌张地关掉了电脑,他一边捡着文件,一边整理着自己稍显凌乱的头发,"我就是有些着急,因为一点儿进展也没有。"

"你真的该休息一下了。"赵云平皱着眉坐在了沙发上,唐骏更是略显失望地摇了摇头。

"查到什么了吗?"程峰坐到二人对面,可他已经从二人的脸上看到了答案。

"没有,所有陵园沿线的监控都被破坏了。"赵云平挠了挠头,"看来敌人对我们的侦查手段了如指掌。"

"布局高明,手段狠辣,不过……"唐骏用眼睛瞟了瞟赵云平,"对了师父,您对那位老先生了解多少?"

"怎么突然问起这个?"

"只是好奇您怎么会认识这么出手阔绰的人。"唐骏揶揄地一笑。

"他是我师父的朋友,也是警局的顾问,要不是他,我们也借不到超级计算机,也走不到今天这一步。"赵云平回答得很笃定。

唐骏沉吟着没有回应,似乎正在琢磨赵云平的话。

⑬ 珍珑

"好吧,时候不早了,有什么事情明天再说。"赵云平把手中的烟掐后灭站了起来,可程峰却丝毫没有离开的意思。

"你们先走吧,反正我在哪儿都是一个人,在这里挺好的。回到家反而不习惯。"程峰苦笑着摇摇头。

"那好,早点儿休息。"赵云平和唐骏相视一眼,朝门口走去。他们都明白程峰的执拗,知道劝解也没什么用。

"等一下!"程峰站了起来,把有些颤抖的手藏在了口袋里,"唐骏,我一直有个问题想问你。"

"什么?"唐骏停下脚步,波澜不惊的眼神落在了程峰脸上。

"既然你是时空穿梭者,那么如果,我是说如果。"程峰大口吞咽着口水,喉结不住地滚动着,"等整件事完结了,我是不是可以跟你一起去到其他时空,再次见到晓秋?"

"不可能。"唐骏回答得很干脆,他看了一眼身旁的赵云平,像同时对两人一起说一样,"就像我说的,从一条世界线到另一条世界线的限制很多,而且风险重重。你虽然已经知道了服务器的事情,但我警告你,不要试图传递信息。"

赵云平和程峰的眼中同时闪过一丝失落。

"因为,任何一件小事,甚至一句话,一个字,都可能引发因果关系上的连锁反应,导致通道,甚至整条世界线的崩塌!"唐骏趋冷的语调,让程峰暗自打了个寒战。

第一层·乱码

"你为什么突然问这些,是发现了什么吗?"唐骏锐利的目光射向程峰。

"不,我只是……"程峰颓然地坐回了沙发,沉默不语。

"程峰,我知道你对任晓秋的感情,但有时候把对方放在心里,也是一种天长地久。"唐骏意味深长地看了一眼程峰,随着赵云平走了出去。

房间内再次安静了下来,许久之后,程峰忽然扭头注视起了那台电脑。他那双汗涔涔的掌心,已被指甲刻出了淡淡的血痕。

警车再次发动,唐骏在后视镜里,看见了赵云平一副欲言又止的模样。

"师父,我刚才说的话都是真的。"唐骏率先开口。

"我知道。"被猜透心思的赵云平脸上有些慌乱。

"我只能告诉你的是,如果程峰向任晓秋传递消息,阻止了她的死亡,那么很可能会造成某个世界线的高队长复活,导致毒品出现。这样我们的努力不仅白费,就连高队长的牺牲也将没有任何意义。其实有些人,我们放在心里怀念就好。"

赵云平没有说话,他只是看着窗外,郊外的野草正被吹得四处飘摇。

……

时间一天天地在逝去,可赵云平并没有放弃希望,在唐

⑬ 珍珑

骏的协助下，他不仅组织警力扩大了视频取证范围，更是邀请了一些专家对搜集过来的视频，做技术分析。所有事情都在有条不紊地进行着，可他的心头却渐渐地沉重起来，因为程峰好像变了一个人。

已经一个星期了，程峰除了取回一个鱼盆，便再也没有回过家，每当赵云平劝他回家休息，程峰总说自己要破译乱码追查线索而拒绝离开。

赵云平只能随他，看着他变得憔悴，看着他变得越来越沉默。赵云平仿佛看见了那个任晓秋刚刚死去不久，陷入消沉的程峰。他能猜到唐骏那天的话必然会对程峰造成伤害，却没想到伤害会这么大。他只盼望着，悲伤能尽情地来，然后尽快地离开。

又是一无所获的一天，赵云平拖着疲惫的身体来到了临时作战室。他本想说些什么，可看着在电脑前忙碌的程峰，他却什么也说不出来。

赵云平这次没有离开，他觉得自己的存在，或许能让程峰的失落少一些。

夜深了，窗外的风在咆哮。赵云平已在简易床上沉沉睡去。作战室里黑漆漆的，只剩下显示器散出的光映在程峰脸上。

他的目光在显示器和赵云平所在的位置来回切换着，最

第一层·乱码

终停在了那个让他魂不守舍的服务器页面上。

一抹苦涩的笑容浮现在程峰脸上,他小心翼翼地敲击着键盘。

"晓秋,知道你在那个世界过得很好,我就心满意足了。"程峰的双手忽然停住,旋即再次敲打起来,"或许我们的连接,本身就是一个美丽的错误,不管你在哪个时空,我都会在心中为你祝福。我答应你,会把那条情侣鱼放生,我希望它能带着我的祝福,游向你的世界。"

按下了发送键,程峰潸然泪下。他关掉服务器,打开了一个不起眼的文件夹,文件夹中那一封封被破译的乱码邮件,出现在了显示器上。

"我是晓秋,知道你还活着,我真的很开心,希望你勇敢地生活下去。"

"你说的我都不懂,只要你开心,我就会觉得幸福。"

"程峰,我们把那条情侣鱼放生了,作为彼此的告别好吗?你也应该去寻找自己的幸福了,还记得净月湖吗?我会在收到你确认邮件之后下一次服务器连接之时,将那条鱼放生,希望星空下你我都在。"

程峰关掉了电脑,房间内彻底暗了下来。他静静地躺在沙发上。鱼盆里的鱼吐出一个气泡,程峰闭上了眼睛。

……

⑬ 珍珑

房间内刚刚放亮,赵云平手上的计时腕表便嘀嘀响起。

一场酣然大睡让他的体力恢复了许多,他简单地清洁了一下,发现刚才还在沉睡的程峰也已经睁开了眼,正默默地发着呆。

"昨晚怎么样?有收获吗?"赵云平点着了一根烟。

程峰只是摇头没有说话。他那失魂落魄的样子,让赵云平的怒火中烧。

"振作点儿!"赵云平一把将程峰拉了起来,"你这样搞下去,案子还没破,自己就先废掉了!"

"我知道。"程峰低着头,他那原本洁白的衬领已经油腻不堪,"再给我几天的时间……"

"好!我给你三天时间,到时候你还是这样,咱们的合作关系就结束了,明白吗?"赵云平气得拿起外套,甩门而去。

程峰一阵苦笑,转身捏起几粒鱼食,放进了鱼盆里。

忙碌了一天却徒劳无功,赵云平的心情极其低落。可更让他意外的是,从未有过怨言的唐骏下午突然借口离开了,这让他有了一种孤军奋战的感觉。

回到作战室,赵云平没有马上进去。他倚在车上望着漆黑的夜空,一种无力感让他甚至都不愿去想明天。

就在这时,临时作战室的铁门忽然被拽开,程峰有些慌

第一层 · 乱码

张地走了出来。

"你要去哪儿?"赵云平上下打量着程峰,他发现程峰的上衣口袋鼓鼓囊囊的,似乎塞着一瓶矿泉水。

"有些私事儿,回来再告诉你。"程峰躲避着赵云平的眼神,径直走向自己的车。

车开走了,只留下一阵卷起的尘土。

临时作战室里干净极了,这让赵云平很意外,他泡了一杯茶,坐在沙发上揉起了太阳穴。

忽然间,赵云平感到哪里不对劲,好像是房间里少了什么东西。他茫然地朝周围看去,最终把视线定格在了那个鱼盆上。

赵云平看着那个已经空空如也的鱼盆,心中疑惑不已。程峰曾说那条鱼是任晓秋留给他最后的念想,是他最珍贵的东西。

可怎么就没了呢?赵云平忽然想起程峰身上的那瓶矿泉水。

赵云平觉得哪里不对劲,因为这一切太反常了。不知为何,他忽然想到了那天程峰的问题。

他有些慌乱地打开了电脑,漫无目的地翻找着。一开始赵云平并没有发现什么异样,但很快,他就找到了那个文件夹,看到了那些破解的乱码邮件。

⑬ 珍珑

"该死!"赵云平愤怒地挥拳砸向键盘,唐骏的警告还犹如在耳,程峰所做的一切,将把所有人推向万劫不复。

不容多想,赵云平疯狂地跑了出去,他知道如今的局面已经不是自己所能控制,只有唐骏才有能力挽救一切。

赵云平不断地拨打着唐骏的手机。可回答他的,只有那没有尽头似的忙音。

……

寂静的夜晚,只有风声在郊外的别墅群里徘徊。

老者的别墅外,一个黑影如狸猫般高高跃起,落进了围墙内,闪进了一个墙角,正是唐骏。

自从上次发现那双带着青苔的鞋,唐骏的心就再也没有安宁过,他本不想来,想要通过调查来验证自己的猜测,可这些日子的查无所获,已经让他失去了耐心。

他这次的目的就是那双鞋,如果上面青苔的成分和陵园的一样,那么困局也许就能打破。

唐骏紧贴着墙。经过下午的踩点,别墅外所有的摄像头位置已经烂熟在他的脑海里,在这严密的监控下,只有一个视线死角,就是他身后的那扇窗。

一声弱不可闻的轻响,唐骏打开窗户钻了进去。

房间内暗得很,唐骏置身在了一个走廊里。他的脚步很轻,轻得几乎毫不存在。他慢慢地朝大厅走去。

第一层·乱码

突然间,一阵心悸让唐骏停下了脚步。他感到眼前的黑暗之中,一股巨大的杀气悄然袭来!

唐骏的瞳孔瞬间放大,他身子一斜,朝身旁的木门撞去。

砰!砰!砰!

几乎同时三条火舌在黑暗中闪起!

子弹落空,破门而入的唐骏迅速躲在了一个遮挡物后面。

"唐警官好快的身手,竟然连子弹也能躲过去。"一阵轻微的脚步声后,一个苗条的黑影站在了门前。

房间内的灯光全部亮起,唐骏发现自己身处在书房。而他也瞬间听出了声音的主人,正是老者身旁的年轻女子。

"看来我还是低估你了。"年轻女子对准了书房内的沙发。

枪声连续响起,唐骏借着各种家具闪转腾挪,直到再也没有能藏身的空间。

他冷冷地看着年轻女子,看着那个黑洞洞的枪口。

"这发子弹,你还躲得过去吗?"年轻女子杏眼一寒,把手枪对准了唐骏。

"你尽可以试试。"唐骏嘴角一扬。

子弹射出。

瞬间,年轻女子的表情凝固了,因为她发现自己眼前的唐骏竟然失去了踪影!

年轻女子心中一寒立刻向后跃去,但紧跟着,她就觉得

⑬ 珍珑

手中一轻,枪已经离开了她的手心。

"这个世界之所以太乱,就是用这些武器的人太多!"唐骏的身形出现在女孩面前,随手几下就把枪拆解成了零件。

"你到底是什么人?"年轻女子看着地上那已经变成零件的手枪,身体不自觉地朝后退去。

"你们为什么要催眠我师父?目的到底是什么?"唐骏气势惊人,紧握的双拳蕴藏着磅礴的力量。

"去地狱问吧!"年轻女子一咬牙挥拳朝唐骏的太阳穴砸去,唐骏侧身一躲,谁知年轻女子的袖中又弹出一缕寒光,划向唐骏的咽喉。

唐骏连忙后撤才堪堪躲过,此时年轻女子又毫不犹豫地抬腿朝唐骏扫去。

"别自找麻烦!"唐骏一把抓住年轻女子的脚腕,可谁知那女子的鞋中也飞出一枚精钢刀片,唐骏侧脸闪开却已几乎不及,刀锋从他的脸颊划过,盯在了墙上。

一滴鲜血滴在了唐骏的手腕上。

"可恶!"唐骏双手用力一抖,只听咔嚓一声轻响,年轻女子的脚踝当即脱臼。

年轻女子惨叫一声,单膝跪地。可她却没有停下的意思,身子一倾,左手又探出一把匕首,朝唐骏的前胸刺去。

唐骏顺势抓住女子的手腕,将她扔了出去。女子撞到墙

第一层 · 乱码

上的鹿头,然后重重地跌落在地,动弹不得。与此同时,唐骏也察觉到自己的脚下一阵轻微的震动。

"我说过别自找麻烦!"唐骏绕开躺在地上的女子,在他看来女子此时已经毫无威胁。

唐骏抬头查看鹿头,刚刚脚下的异样告诉他,这里应该还隐藏着什么秘密。而这次他就是为了揭开秘密而来的。

他正要抬手试试,突然身后一声轻响,不等他转身,一根冰凉的钢丝就套在了他的脖子上。

年轻女子嘴角淌着血,半跪在地,用后背死死抵住了唐骏的身体,上半身则拼尽全力朝下拉去。

"放手。"唐骏从喉间挤出两个字。

"死吧!"年轻女子的身体几乎全部压向地面,借着体重一起曳着那根钢丝,钢丝勒入皮肉发出恐怖的咯吱声,让她绽放出了诡异的笑。

突然,她只觉得身子一轻,不知道唐骏哪里来的力气将她整个人都拉了起来。紧接着唐骏疾速向后冲去,带着年轻女子一起狠狠地撞在了对面的墙上。

鲜血染红了雪白的墙壁,年轻女子捂着脖子倒在了地上,鲜血不受控制地喷涌而出,而那喷发的源头处,赫然是钉在墙上的那枚精钢刀片!

血泊中的女子很快就停止了挣扎……

⑬ 珍珑

唐骏看向女孩的表情很复杂，来自末世的他见惯了各种死亡，一眼就知道女子受的是致命伤。但是眼看着一个鲜活生命消失，还是让他隐隐觉得恶心。

"自作孽，不可活！"他终于移开了目光，一把扯下窗帘遮住了女子的尸体，然后向墙上的鹿头走去……

密室中的一切，让唐骏懊悔不已，若不是自己几天来的迟疑不决，那老者的身份早就查清了，何苦浪费这么多天的时间。

唐骏坐在电脑前，仔细查看着里面的内容，他要查清这间别墅里的所有秘密。

滚动的数据在他眼中流动着，唐骏仔细辨别着，倏地，他被一行熟悉的 IP 所吸引……

他们怎么知道这台服务器！唐骏很清楚地记得，他们并没有和老者提过任何服务器的细节！

只是略微思考了一下，唐骏就解开了疑惑，既然破译乱码的计算机都是由老者之手借来的，那他有着太多机会知道程峰用那台超级计算机运行了什么。

唐骏快速地打开了数据库的邮件记录，因为他突然间想起了程峰，想起了他几天前说过的话。

那一封封含有程峰名字的邮件，犹如一记记重锤，锤在了唐骏的心里。

第一层·乱码

"……还记得净月湖吗?我会在收到你确认邮件之后下一次服务器连接之时,将那条鱼放生,希望在那星空下,你我都在。"

……

唐骏苦笑着打开了关闭许久的手机,来自赵云平的十几个未接电话,让唐骏的眉头皱了起来。而一封两个小时之前的未读信息,更是让唐骏以诡异的速度跑出了别墅。

"唐骏,程峰给另一个时空的任晓秋发送了消息,他去了净月湖!我去追他!"

也是因为这条短信,他才彻底明白这一切的一切只是老者设下的一个局,他的最终目的是要引出程峰,也许还有赵云平!

唐骏彻底消失在了黑夜之中,此刻他的心中再无旁物,只有净月湖!因为他明白,如果赵云平和程峰死了,那个末世毒品就会重新降临,毁灭人类的一切!

14

须弥

文／剧派网·惊马奔逃

第一层 · 乱码

一个浓稠的身影,在净月湖边氤氲的薄雾中穿行着。

这里本来是众多情侣浪漫的约会圣地,但此刻却因这个身影的到来而意外地透出一丝悲凉。

很快,那凌乱的脚步声停了下来,取而代之的是剧烈的喘息声,周围的薄雾渐渐消散,露出了赵云平焦急的面孔。

他那因剧烈奔跑而涨红的脸颊上都是汗水,嘴唇也变成了不健康的淤紫色,随着急促的呼吸一开一合。赵云平四处张望着,可稀疏的月光让他目力所及之处,只剩下一片混沌。

赵云平呼喊着程峰的名字,但只喊了几声便因寒气入喉,剧烈地咳嗽起来。倏地,一阵沉闷悠远的撞击声不知从何处响起,赵云平心中一紧,脚步有些踉跄地朝着传来声音的方向跑去。

敲击声越来越响,越来越密,赵云平的身体被冰冷的汗水浸透了,他瑟缩着脖子,外套的褶皱中像是染了一层霜,终于,在他的双腿彻底发僵前,一个模糊的身影进入了他的视线。

"程峰!"赵云平努力地朝那身影喊着,而后像脱了力气一般大口喘着气,赵云平的身体本没有这么差,可唐骏的警告像是把他所有的精气神全部系在了一起,悬挂在了半空

⑭ 须弥

中,而支持这些紧张的情绪,需要消耗太多的体力。

"程峰!你不能只有儿女私情!你已经闯下大祸了!"赵云平朝那身影走去,敲击声戛然而止。他疑惑地停下脚步,忽然有种错觉,那一声声敲击还在心里继续着,仿佛变成了自己的心跳。

"云平。"那身影转过头来,他的声音被风吹得有些零散,但那苍老的声调还是让赵云平瞬间分辨了出来。

"您……"赵云平皱着眉头看去,原本清澈的眸子里带上了一丝迷茫,冷风吹散白雾,白冷的光落在了那苍老声音的主人身上,却是手持拐杖的老者。

"老人家?您怎么在这?"赵云平心中诧异万分,却忽然感觉自己浑身发冷,牙关不自觉地敲击了起来。

"我在等你。"老者的笑容依旧和蔼,但是此时却显得有几分诡异。他走到赵云平的身边,拍了拍赵云平的肩膀。一种莫名其妙却又似曾相识的感觉,涌上了赵云平的心头。

"等我?您知道我会来?"多年的警界生涯,让赵云平磨炼出一种旁人无法匹敌的功夫,那就是对危险的直觉。而此刻,赵云平从老者的身上察觉到了这种味道。

"我需要你帮我完成一件事。"老者的笑容不见了,"一件你二十年前就该完成的事情!"

"二十年前?你?!"赵云平忽然觉得胸口发闷,他的

第一层·乱码

右手按向了枪套。

"咚！沉闷的敲击声猛地响起，老者似梦呓般说了起来，这一下敲击声似乎砸在了赵云平的心底，他的动作一下停滞了下来。

"知道你为什么会在办公室里三番五次晕倒吗？"

"你……你！"赵云平感到一阵剧烈的晕眩，感到全身的力量在快速地流失。

"其实，我特别赞成你和程峰的推断，这个世界就应该是平行的，因为只有平行，才能让所有遗憾都得到弥补。"老者的声音低沉婉转，像是在诉说一件往事。

"你到底想说什么？"熟悉的头痛再次袭来，只不过这次的疼痛却远超以往，如同啮心蚀骨一般！赵云平双手抱头，他整个身体都佝偻了起来！

"我想说的是，你是时候帮我完成这个心愿了！"老者突然变得气势逼人，仿佛吐出的是某种狰狞噬人的怪兽！"但最重要的是……"

"什么心愿？不！"赵云平感觉自己的头要裂开了，天地都在旋转，一个个杂乱无序的记忆碎片，仿佛利刃般刺破了他那脆弱不堪的脑神经！

那倾翻的吉普车！那只伸出来的血手！

"须弥！须弥！"敲击声夹杂着老者的自语声，如一阵

⑭ 须弥

惊涛骇浪，瞬间将赵云平吞噬，他痛苦地呻吟着，双臂发疯似的胡乱挥舞，身体如筛糠般抖动着，冰冷的汗水滚动在他的脸上，他想反抗，却最终瘫倒在了地上，失去了意识。

老者站在赵云平身边，居高临下地看着他，似乎在看一枚棋子。

"云平，相信自己，去弥补你心中的愧疚吧！"老者的声音变得越发虚无缥缈，准确地刺入了赵云平的大脑。

赵云平的眼睛倏地睁开，只不过那双眸子再也没了往日的神采，像是蒙上了一层淡淡的灰雾……

萧瑟的寒风吹得净月湖周围的树木呜呜作响，原本平静的湖水也借着风势朝岸边的巨石不停拍打过去。

朦胧的月光下，被白雾裹挟的程峰静静地坐在一块巨石上，他把那个矿泉水瓶子紧紧地裹在胸前，右手捧着手机，屏幕上的任晓秋在程峰的怀里笑靥如花。

程峰用拇指摩挲着手机屏幕，脸上早已布满了泪水。时间终归来到了十点十五分，他闭上了眼睛，颤抖着双手把瓶子拿了出来，金鱼正在里面悠闲地摆动着鱼鳍，似乎对外界发生的一切都不在意。

再见，晓秋，就让这条鱼带上我的祝福，带上我的思念，游向你的世界。程峰一边低声诉说着，一边将瓶中的情侣鱼

第一层·乱码

倒进了净月湖中。

那条伴随程峰走过最艰难岁月的鱼就那样游走了,程峰甚至连看一眼的勇气都没有。他猛然间瘫倒在了巨石上,像是被抽离了灵魂。

他颓然地看着手机,此刻那个神秘的 IP 地址已经可以登录,可以传递消息,可程峰却不知道还能说什么,也不想再说什么,因为说得越多,伤得越深。三年前他已经因为分手伤害过任晓秋一次了,这一次,他只想做一个孤独的聆听者,去感受那来自另一个时空的最后告别。

程峰呆愣地看着天空,他从未如此期盼着乱码邮件的到来,可过了许久,久到程峰的四肢发僵,任晓秋的邮件也没到来,头顶上的那片星空也没有出现。

"都结束了吗?"程峰紧咬着嘴唇,淡淡的血腥味钻进了他的鼻腔,他苦笑着用手敲击着身下的石头,似是用痛苦来宣泄着心中的失落。

期盼中的邮件最终没有到来,程峰关闭了手机,他感觉自己身上冷极了,大脑一片空白,只有耳边那渐渐减弱的风声。他想休息,永远地休息下去。

程峰僵直地跳下石头,可刚走了几步就愣在了当场。他听到一阵细微的咯咯声,那是双拳紧握才能发出的骨骼挤压声,而在不远处的一棵矮树下正站着一个人,虽然视线模糊,

⑭ 须弥

但那熟悉的轮廓却让程峰瞬间认出来,正是赵云平。

"赵队长……你……你知道了?"程峰满怀歉意地朝赵云平走去,"我知道我做得不对,但这真的是我最后的心愿,我保证,今后再也不和晓秋传递消息。"

赵云平没有回答,他从树下走出来,猛地朝程峰跑去。程峰没有躲避,他知道此刻赵云平一定恨透了自己,他在来到这里之前,就早已准备好承受任何人的狂风暴雨。

"赵队长,我愿意接受任何惩罚,哪怕……"程峰话没说完,就看见赵云平纵身一跃,抬起右膝朝着自己的胸前顶去,程峰侧身想躲,可这攻击来得太过突然,要害部位虽然躲过,但那右膝还是顶在了程峰的肩膀上,让他吃痛不已。

"赵队长,你消消气,都是我的错,我不该传递消息,但我能为晓秋做的只有这些了!"程峰极力辩解着,可赵云平却没有罢手的意思,抬腿朝着程峰的脑袋踢去,那挂着风声的侧踢,让程峰心中一惊。

"咱们有什么话回去再说行吗?"程峰大声呼喊着,可赵云平那追上来的拳头却横着朝程峰的太阳穴砸了过来。

程峰没有抵挡,一边躲避一边解释,他知道这次一定是触碰到了赵云平的逆鳞,可在赵云平凌厉的攻势下,程峰的脸上已经挂彩,这让他心中那刚刚建起的愧疚堡垒,瞬间崩塌!

第一层·乱码

"够了!"嘴角淌血的程峰一把抓住赵云平横劈过来的手腕,"赵队长你再这样我要还手了!"

赵云平面容凶狠地看着程峰,嘴里不知道嘟囔着什么,毫不犹豫地抬起膝盖朝程峰的裆下顶去!

程峰心中一凛,这已经超出了教训的范畴,完全是生死相搏!

慌乱之中程峰双手向下一挡,拦住了致命的膝盖。可赵云平紧接着就顺势一拳扫在了程峰的耳门上,脑中传来的轰鸣声,让程峰不再躲避,咬着牙和赵云平缠斗在了一起。

赵云平的格斗经验丰富,一招一式,无不显露出老练狠辣,程峰一时不能适应,频频中招。可程峰胜在正当年,充沛的体力加上几年的搏击经验,使他慢慢适应了赵云平的节奏。反观赵云平,随着体力的消耗却是攻势放缓,动作变形,渐渐有了溃败的苗头。

"凶手……凶手……"赵云平喘着粗气一个勾拳朝程峰的下巴冲去,程峰双手将那拳头拦下,这是打斗这么久,程峰第一次听清赵云平嘴里那含糊不清的话。

"什么?你说什么?"程峰不再攻击,拧住赵云平的胳膊,把他按在了地上,"你说清楚,什么凶手?"

赵云平愤怒地挣扎着,程峰怕他受伤,只好撒手,可就在程峰松手的一瞬间,赵云平迅速摸向了腰间,转身举

⑭ 须弥

着一把黑黝黝的警枪对准了程峰的心脏,程峰惊得拼尽全力去躲!

一条火舌瞬间喷出,那巨大的枪声震得程峰耳朵轰鸣,震得净月湖周围的群鸟四散逃离。

短距离射击产生的强大冲击力,让程峰倒退了几步才颓然倒下。肩头传来的巨大撕裂感,险些让他昏厥,他全身的肌肉绷起,心脏剧烈地跳动着,殷红色的鲜血顺着他的肩头汩汩冒出,在渐渐清晰的月光下,程峰那扭曲的五官显得诡异而恐怖!

"赵……赵云平!"仅有的血色从程峰的脸上迅速消退,他挣扎地撑起身子大喊,"你疯了吗?!"

赵云平看着地上的程峰,眼睛却似乎无法聚焦,握在右手的枪举起又落下,似在犹豫着什么,就像一个受惊之后手足无措的孩子。

"凶手……他是凶手……"赵云平不断小声重复着。

"你……怎么了?"程峰惊讶地看着这一切,他想站起来,可全身肌肉痉挛带来的痛苦,让他连挪动都很困难。

雾气渐渐稀疏,惨白的月亮终于彻底挣脱云层的束缚,释放出凛冽的光……

周围模糊不清,像是堆砌重叠了一堆五颜六色的碎片,

第一层·乱码

无数种嘈杂的声音到处回响着,有水声、有撞击声、有拍打声、有吼叫声……

赵云平茫然地站在原地,他的四周混乱不堪,不知道自己从哪来里,又身在何处,他只知道自己在执行任务,在抓捕犯人,抓捕杀害师父高昂的凶手!

他原本以为一切都是梦,可身上的疲惫感和疼痛感是那么真实,还有那个凶手,那个正躺在不远处,正在因痛苦而呻吟,正在流血的凶手!

他本来觉得自己可以轻松将那个凶手擒获,因为那个凶手刚才是那么颓废,那么无力,那么不堪一击,而自己是这么的敏捷,这么的矫健。可这种感觉已经消失很久了,那酣畅淋漓的搏斗,让他找到了一种久违的满足感,但不知为什么,他渐渐喘了起来,四肢好像都抬不起来,僵硬得像四根木头,而对方的力气却越来越大,大到可以轻松将他反制。

那一刻,他知道自己已无从选择,只能拔枪,只能让射出的子弹去制服凶手,去惩戒罪恶!

"凶手……你是凶手!"赵云平茫然地举起手中的警枪,又忽地落下,他知道警枪是真实的,因为那个犯人躺在那里不能动了,他虽然在徒劳地大喊着什么,可赵云平根本就不想听。

不,不对。赵云平猛地摇了摇头,他朝四周看着,却模

⑭ 须弥

糊地什么也确定不了,只有分辨不清的声音。他来回踱着步子。他感觉这一切有一种莫名其妙的完美:凶手,抓捕,开枪,制服。

可他为什么是凶手?他对我师父做了什么?为什么我会这么笃定他就是一切罪恶的元凶?我有抓捕他的真凭实据吗?我没有!不!肯定有证据!可为什么我想不起来了?

这一切到底是因为什么?赵云平迷茫了,他仿佛坠入了无尽的轮回虚空。

"你……怎么了?"

谁?谁在说话!是那个凶手!那个声音太讨人厌了,可他为什么会这么问,他好像在关心我,不!凶手怎么会关心警察,肯定是阴谋!

"赵队长,你到底怎么了?"那个凶手试图站起来却失败了,"你不认识我了吗?我是程峰啊!"

程峰?谁是程峰?这名字怎么这么熟悉,他是在分散我的注意力,不!无论他是谁,我绝不会给他再次反抗的机会!赵云平莫名地感到,这是他抓捕杀害师父凶手的最后机会!

"不管你是谁!我都要让你为师父的死付出代价!"赵云平再次把枪口对准了那个凶手。

"你在胡说些什么?你师父的死和我有什么关系?!"凶手的脸色苍白极了,他流出的鲜血,让赵云平的视线里多

第一层·乱码

了一种色彩的模糊。

"别演戏了,一切都是你策划的对吧!是你制造了车祸,是你杀了他!"赵云平迈步朝凶手走去,他紧握着枪,他知道那是他现在一切力量的源泉。

"别开玩笑了!你好好看看!我是程峰!"那个凶手好像听到的是一个天大的玩笑。

程峰?赵云平忽然感到一种莫名的情绪,绵密而悠远,像是一粒早已埋藏在心头的种子。不!又是阴谋!可恶!

"别想狡辩!我今天就让你血债血偿!"赵云平认定眼前的人就是罪犯,那种感觉是那么确切,那么纯粹!

"你……好!你说我是凶手,拿证据出来!你仔细看看我这张脸,你觉得凭我的年纪,有可能在二十年前谋杀高队长吗?"那个凶手愤怒地咆哮着。

赵云平的双眼努力地对着焦,那张脸虽然有些模糊,但他却能判断出眼前的面孔是一个年轻人。

对!师父已经死了二十年了!二十年前他只是一个未成年的孩子!不,他一定是凶手,肯定是我遗漏了什么重要证据!否则那种直觉不会那么强烈!

杀了他!一定要杀了他!这是最后的机会!赵云平被这个灼热的念头点燃了,他感觉自己的双手在燃烧,手中的枪在燃烧,枪中的子弹在燃烧!

⑭ 须弥

他颤抖着把枪对准了凶手的脑袋。

"赵云平！清醒清醒吧！你到底是怎么了？！我是程峰啊！你的朋友！你的搭档！"凶手大声咆哮着，他的鲜血染红了外套，赵云平甚至从那片殷红上闻到了久违的血腥味！

不！我不能开枪！我有证据，只是我想不起来了！我是警察，滥用私刑，那和凶手有什么区别！对！我要找证据。不！我有证据！我要让他死得心服口服！

赵云平放下了枪，转身想去什么地方，他相信证据就在那里，可是那个地方在哪儿呢？他疑惑地停下了脚步，周遭混乱的声音突然聒噪了起来，好像有无数个人在说话，好像有无数个人在撕扯着他的思绪！

赵云平感觉自己的头要爆炸了，那种疼痛感比方才更加清晰，周围五颜六色的碎片飞速组合着，他仿佛看到了一束光，听到了一声苍老的呼喊！

"杀了他！"

"不……"赵云平拼命地摇了摇头，他感觉自己的五脏六腑拧在了一起，一种强力的呕吐感涌在了他的喉间，他痛苦地弓着腰，像一只垂死的虾！

……

"我……我是警察。"赵云平艰难地睁开了眼睛，周围依然模糊一片，他感觉自己浑身湿透了，那个凶手还在呼喊

207

第一层·乱码

着什么，可赵云平已经不关心了，因为他已经决定不开枪，而要先去找到证据，让那个凶手在铁证面前无可辩驳！

"云平。"一声温暖的呼唤陡然在赵云平的耳边响起。简单的两个字，仿佛给了赵云平巨大的震动，他那干裂的嘴唇兀自抖动着，脸上瞬间写满了不可思议，他四下张望着，无法聚焦的双眼却什么都看不到。

突然一个人影，出现在了他的面前。

"云平，你还好吗？"

赵云平如被雷击般颤抖着循声看去，一个身穿警服，面色肃穆却嘴角含笑的人，正静静地看着自己。他彻底愣住了，他感觉自己消失的力气在快速回归，原本颓败的心跳在疯狂加速，眼前的人是他的师父——高昂！

"师父！"赵云平扑过去跪倒在了那人面前，他一把抱住高昂的腿，那种活生生的触感，让赵云平又哭又笑，"您，您还活着，我这是在做梦吗？"

"是你！原来是你！他是假的！赵队长快跑！"那个躺在地上的凶手疯狂地叫喊着，可赵云平却已经陷入了狂喜中，丝毫不为所动。

"起来吧！""高昂"把赵云平搀扶起来。赵云平紧紧攥着"高昂"的双手，像是一个溺水者抓着救命的稻草。

"云平，这二十年苦了你了！""高昂"擦拭着赵云平

⑭ 须弥

的泪水，赵云平却不住地摇着头，只是死死地抱住"高昂"。

"师父，这到底是怎么回事？您不是已经……"赵云平哽咽着，原本就苍白的脸色此刻显得更加衰败。

"赵队长！他是骗你的！高队长已经死了……"

"没错，他说得没错！""高昂"冷冷地指着那个凶手，"我确实已经死了，而且已经死了二十年了！"

"怎么可能？您这不就站在我面前吗？"赵云平很确信从"高昂"手上传来的触觉是有温度的。

"我只是你的一个执念。""高昂"紧盯着赵云平的眼睛，"你知道吗？人死去并不会彻底消失，只要这世上还有一个人想着他，那他就会永远地留存在这个世上。"

"假的，他在骗你！"

"你闭嘴！"赵云平恶狠狠地把枪口对准了那个疯狂呼喊的凶手。

"这二十年里，你时刻把我放在自己心里，每年的忌日都会去陵园陪我聊天，我很欣慰。""高昂"和蔼地笑着，赵云平却已泪如雨下，"我今天之所以出现，是想彻底解开你心中的疑惑，让你可以将真正害死我的凶手绳之以法！"

"真正的凶手？！"赵云平茫然地看着"高昂"。

"对！就是他！""高昂"愤怒地指着地上那个已经奄奄一息的人，"二十年前的那一场车祸根本不是意外，而是

第一层·乱码

一场蓄谋已久的谋杀！"

"对！我知道！"赵云平看向那个凶手的眼神已经泛起了杀意，"师父，当年到底是怎么回事？"

"当年就是他开车撞向我！""高昂"的神情有些激动，"就是他撞翻了我的车！"

"该死！"赵云平狠狠地挥舞着警枪。

"高昂"指了指那个凶手："他嘲笑着我的愚蠢，炫耀着自己的计划！那时我才知道，他就是我们一直在追查的毒贩！"

"真的是你！"赵云平发疯似的来到那个凶手面前，猛地一脚踢了过去。

"云平，杀了他！他太狡猾了，已经躲藏了二十年，如果这次再让他跑了，你就永远抓不到他了！""高昂"的声音像一把利箭射在了赵云平的心上。

"可我……"赵云平忽然觉得一种莫名的矛盾，好像哪里不对，却怎么也说不出来。

"杀了他！替我报仇，去除你心中的执念，让我们都解脱了吧！二十年了，你过得太辛苦了！""高昂"厉声催促着。

"师父……好！"赵云平不再犹豫，黑洞洞的枪口对准了那个凶手的脑袋。

……

⑭ 须弥

冰冷的月光下,一个男人正以常人难以企及的速度在净月湖的岸边奔跑着,只有月光才堪堪留住他的身影,人正是火速赶来的唐骏。

唐骏那紧绷的身体线条鲜明,彰显着澎湃的力量。他那双冷峻的眼睛很快地锁定了目标,朝着湖对岸几个模糊的身影跑去。

身影逐渐清晰,唐骏惊讶地看到程峰正躺在地上痛苦地呻吟着,他的衣服在月光下殷红地刺眼。而在程峰身前,赵云平正用枪恶狠狠地指着他,最让唐骏惊讶的是,那个神秘的老者正站在赵云平身边大声说着什么。

电光火石间,他想到了刚才别墅内的厮杀,想到了那间地下室,想到了赵云平经历的那场诡异的催眠……

唐骏似乎明白了什么,他再次提速,可接下来从风中传来的一句话,让唐骏把自己的速度提到了极限!

"……他知道我已经查到了'超级99',所以才要灭口!"

愤怒的火焰在唐骏的身体内激烈地燃烧着,他的双眼变得赤红!

"超级99!"

正是这个邪恶的名字,在他所处的世界中泛滥成灾!把他的亲人挚友一个一个地杀死!把整个世界变成了一片废墟!

第一层·**乱码**

而且唐骏很清楚地知道,在这个世界中除了他,能说出这个名字的人只有一个!——那个消失了二十年的制毒人!

15

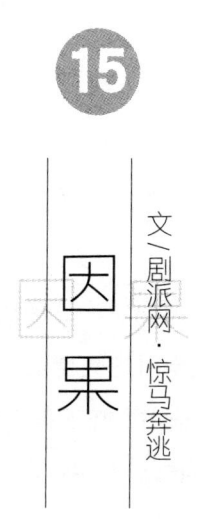

因果

文／剧派网·惊马奔逃

第一层·乱码

程峰觉得自己似乎变成了一个旁观者。

时间变得出奇的缓慢,发生的一切都像是电影中的慢动作。

黑洞洞的枪口在他面前缓缓地颤动,赵云平的手指慢慢地扣了下去,而他身后的老者眼中,则渐渐闪现出了狂喜的光芒……

程峰的心情却变得平静。

他抬头看向天空,薄雾早已散去,此时的天空中星星正闪着寒光。

那是你的眼睛吗?程峰想起了晓秋的话。他的嘴角浮现出一丝笑意。在心底他觉得这甚至是一种解脱,终于不必再思念,不必再恐惧,甚至伤口都不再疼痛……

晓秋,我来了……程峰慢慢地闭上了眼睛。

在扣动扳机的一瞬间,赵云平感到自己身侧有一团狂风袭来,他下意识地转动枪口想对准来袭的人,但是紧跟着却眼前一黑,身体不由自主地倒在了地上。

陡然的枪声,撕裂了四周的宁静,程峰的双耳被近在咫尺的巨响震得嗡嗡作响。闭眼的瞬间,他模糊地看见了唐骏的脸,他想呼喊,却已经被唐骏揽在腋下跳到了一边,地面

⑮ 因果

上刚才他躺的地方旁边,一个漆黑的小洞正冒着白烟。

血液流失让程峰的意识越发模糊,他感到身体正变得越来越重,越来越冷。他想睡去,可他知道自己不能,因为只有他才能告诉唐骏刚才所发生的一切。

"抓住他……"程峰虚弱地指着老者。唐骏并没有答话,他拉开程峰的外套,之前的一枪打穿了程峰的肩胛,骇人的血洞中,鲜红的血液还在汩汩流出。

"按住伤口,千万别睡。"唐骏把程峰的手使劲按在了伤口上。他的叮嘱得到了程峰痛苦的回应。唐骏慢慢地站了起来。寒冷的月光抹去了唐骏脸上最后的一丝犹豫。不远的黑暗之中,一脸惊慌的老者正不自觉地朝后退去。

"就这么走了?老人家?"唐骏纵身一跃拦在老者身前,他转身看向老者,那双漆黑的眸子似是一座牢笼将老者困在了原地。

老者没有答话,他把目光投向唐骏身后,似乎在黑暗的虚空中寻找着什么。

"找那个女人?"唐骏冷哼一声,"那可能要让你失望了!"

"我不懂你在说什么。"老者闻言身体一颤,不过随即他便迎上了唐骏的目光。不知道什么时候,原本挂着的手杖已经被老者握起,斜搭在了身旁。

"是吗?"唐骏扫了一眼程峰和昏迷过去的赵云平,

第一层·乱码

"我曾无数次幻想过这场已经持续了二十年的猫鼠游戏如何收尾,但我却从没想到,那个造成一切悲剧源头的制毒人,竟然是你。"

唐骏的话冷得像冰,却锋利如刀,一丝惊诧从老者的眼中一闪而过,被唐骏迅速地捕捉到了。

"唐警官真会说笑,老朽可是一个字也听不懂。"老者的嘴角浮起一丝诡笑,无路可退的困境,却也激发了他困兽般的斗志。

"制毒人?!你说他就是赵队长找了二十年的制毒人?!"程峰拼尽全力支起了身体,"怪不得赵队长刚才的模样让我似曾相识,原来他和上次在作战室一样,都是被你做了心理暗示!"

"心理暗示?哈哈!程峰你可真是高看我了!"老者哑然失笑,似是听到了一个天大的笑话,"我有何德何能去控制一个刑侦队长?"

净月湖旁安静得吓人,月光下的老者,仿佛一个正在接受控诉的囚犯。

"你……"程峰紧捂着伤口,迫在眉睫的希望让他暂时忘记了痛苦,他在思索,思索过去的细节,思索可以让老者束手就擒的罪证。

"赵云平就躺在那里!不过,人是你打晕的,"老者用

⓯ 因果

枯木般的手指点了点唐骏,"至于程峰身上的伤,也是赵云平开的枪!"

"啪啪……"清脆的击掌声传来,唐骏鼓着掌,仿佛在看一场表演。

"你真是一个完美的敌人。"唐骏的夸赞让老者的脸越发阴沉,"但世界上没有完美的犯罪,从上次去你家时,我就对你有所察觉,可能你永远也不会猜到,自己的周密布局,会被一双沾染陵园青苔的布鞋破解。"

"我不明白你在说什么。"老者身体一斜。他忽然想起了那天查看监视器的时候,想起了唐骏那双鹰隼般的眼睛,想起了那盘看似胜利在望的"珍珑"。

"我知道了!"程峰激动地喊了起来,迸裂的鲜血顺着他的指缝滴落着,"那封伪造的邮件……它的加密方法,只有超级计算机才能做到!"

"那又能说明什么?!"老者冷笑着。程峰还想争辩,却身子一软倒在了地上。

"有证据就来抓我!不然谁也审判不了我!哪怕是这苍天!"老者的怒吼声回荡在净月湖的上空,他愤怒地用手杖指着虚空。

"'超级99'对你真的那么重要吗?!"唐骏轻轻的一句话,让老者的手杖险些脱手,他震惊地看着眼前这个屹立

217

第一层·**乱码**

如石碑一样的男人。他没想到，封存在自己心底二十年之久的秘密，竟然被人窥探，被人挖了出来。

老者沉默了，一种莫名的恐慌在他身上悄悄地蔓延，他试图寻找反驳的契机，却感觉唐骏那双深不可测的眼睛，如同一面镜子，照出了他身上所有的秘密。

"为了配方，你伪造乱码邮件，让程峰能继续调查！为了配方，你趁提供超级计算机的机会，洞悉了他们所有的秘密，从而处处占得先机！"唐骏的每一句话犹如一支支利箭，射穿了老者的心理防线，射散了他最后的抵抗，"为了配方，你催眠赵队长，策划高昂复活；为了配方，你伪造任晓秋的邮件，引程峰上钩……"

"等等！"原本蜷缩在地上的程峰突然抬起头来，他惨白的脸上只剩下不可思议般的混乱，"你是说晓秋的那些邮件都是假的！！！"

唐骏没有回答，他只是用目光质问老者，他在等待，等待眼前的这个魔鬼自己撕碎早已破烂不堪的伪装。

"假的……原来这一切都是假的……哈哈……"唐骏的沉默，让程峰翻身瘫在了地上，他已经忘记了肩上的疼痛，因为他心中的痛苦超过了一切。程峰忽然觉得这个世界很荒诞，他发现自己抛弃底线，换来的竟是一场阴谋的嘲弄，这份痛苦，让他突然有了一种溺水感，他呼吸急促，手臂胡乱

⑮ 因果

抓着,最终停了下来。

"程峰!"老者侧头看向程峰,不知怎的,他的眼神中突然有一种和程峰极其相似的疼痛,"你应该谢谢我!是我给了你希望,是我实现了你最终的幻想!而我自己连幻想的权利都没有!"

"没错!你的推测没错,这一切都是我做的!"老者略带癫狂地转向唐骏,"可那又怎么样?你们的败局已定!"

"败局?你真的理解败局的含义吗?"唐骏摇了摇头,"你费尽心思想要毒品面世,到底是为了什么?难道只是为了祸乱这个世界?"

老者笑了,他笑得无比畅快。承认罪行的那一刻,仿佛让他挣脱了百般束缚,放下了万般顾忌。他没有回答唐骏的问题,反而久久地上下打量着唐骏。

"唐骏,你是怎么知道这一切的?或许赵云平不知道你的过往,但我却知道你根本就不该存在在这个世界上!你怎么会知道我的秘密?!你到底是谁?"

"我是一个知道未来的可怜人!"唐骏冷声说道,"还记得上一次的推测吗?这是一个平行的世界,每一个世界都或多或少地跟别的世界联系在一起,默默影响着彼此。"

"知道未来的可怜人。"老者低头反复咀嚼着这句话,他甚至没有追问唐骏的身份,像是在思索着什么。

第一层·乱码

"我的不幸在于知道了未来的一切。"唐骏波澜不惊的语调突然一颤,"一场突如其来的灾难让未来的世界几乎变成废墟,举目所见,只有无尽的破败与荒芜、混乱与灰烬,人类的信仰被彻底颠覆。在未来,文明已经停滞,道德已然彻底沦丧!人与人之间没有信任,只剩下猜忌与杀戮,而这场灾难的源头就是因为'超级99'的出现!无数的人因为它妻离子散,家破人亡!那些吸食了'超级99'的人,失去了人性,他们毁灭了所有美好的东西,毁灭了人类生存下来的希望!"

唐骏的话仿佛包含某种魔力,它让老者低头不语,只是不停地转动着手上的戒指;让程峰溃散的眼睛里有了些许生气,甚至连赵云平的指尖都轻轻颤动了一下。

"放弃吧。"唐骏并不知道老者在想什么,"不管你是为了什么才想要研制'超级99',它所带来的伤害已经超过了一切爱恨情仇!在你变成一个魔鬼之前,别忘了自己也是一个有血有肉、有感情的人!"

老者转动戒指的速度越来越快,像是在心里做着最后的挣扎。

"把毒品的细节告诉我,这个魔鬼从你的手上开始,也让它在你的手上终结。"唐骏做着最后的努力,因为他知道,只有研发出"超级99"的解药,才能从根本上解决其毁灭式的蔓延。

唐骏的话清晰地传进了程峰的耳朵里,他的瞳孔缓慢地

⑮ 因果

完成了对焦，不知为何，老者的沉默不语，让他心中莫名地感到一种危险，绝望之下的他，此刻只有一个念头，那就是弥补自己犯下的过错。

他咬着牙爬向赵云平，他知道自己已经丧失了反击的能力，他要唤醒赵云平，只有赵云平才能在此刻帮到唐骏。

老者的眼睛不知何时闭上了，而那枚戒指也在唐骏的注视下停止了转动。他的嘴里不知道在胡乱地嘟囔着什么，断断续续地传进了唐骏的耳中。

"看见未来，怪不得……"

"你在说什么？"唐骏眉头微皱。

"你刚才说的都是真的吗？"老者缓缓地睁开眼睛，他的声音有些发颤，"'超级99'，真的会造成那么大的伤害？"

唐骏点点头，老者的语气，让他看到了他期待中的希望："当然，只要你告诉我它的配方，这一切都还可以挽回。毕竟这个世界上也有你爱的人，不是吗？"

可正当唐骏想再说几句时，却突然闭上了嘴巴，因为他看出老者浑身正在不规律地颤抖，明显有什么不对！

"爱的人……哈哈哈哈哈！爱的人！"老者那癫狂阴冷的笑声仿佛来自地狱！

"不错！我也有我爱的人！所以我真的要好好感谢你，"唐骏迟疑间，老者猛地抬起头，他那张被岁月侵蚀的脸上挂

第一层·乱码

满了泪水,他咧着嘴似笑似哭地看着唐骏,"感谢你让我明白,我这二十年的等待并没有白费!"

"因为,你说的那种未来,正是我想要的!哈哈哈哈!"老者放声狂笑,他的模样让唐骏瞬间明白,对方已经完全失去了理智。

"大仇得报啊!不枉我苟活到今天!"老者高举双手仰天大笑。

"唐骏!程峰!来!让我告诉你们所有问题的答案!"得偿所愿般的爽快让老者彻底撕碎了伪装,此刻的他已无所畏惧!

"你不是一直想知道我为什么研制'超级99'吗?好,我现在就告诉你!"老者无视唐骏愤怒的眼睛,讥笑似的用手杖指了指他,"我也有爱的人,没错!不过那是在二十二年前!"

"在二十二年前,我也是个有妻有女的普通人,过着普通人的生活。"老者彻底陷入了痛苦的回忆,"可那一切都被摧毁了!那个疯子!那个吸毒的疯子突然闯了进来,开始胡乱追砍,我用手挡住了砍向妻子的一刀,可……可我的女儿……"

老者痛苦地扯掉了身上的外套,将手臂上那骇人的刀伤,展示在了唐骏面前。

"我妻子拼死拦住了那个渣滓,我才能抱着女儿跑出

⑮ 因果

来，她那么小……却变得那么重，那么冷……没有一个人肯帮我……"老者的嗓音哑了，他没有流泪，因为眼泪早已流干，"你们知道看着最爱的人惨死在自己面前，自己却无能为力的痛苦吗？！你们知道最爱的人死在自己怀里的感觉吗？！我要报仇！我要让全世界所有的渣滓都去死！我要让所有人品尝和我一样的痛苦！"

冰冷的月光下，老者形同疯狂的魔鬼，他在对自己的命运进行最愤怒的控诉！

"但这世界上的渣滓太多了，只要这世界上还存在着欲望，毒品就不会灭绝！所以，我要研究一种毒品，我要让所有用过它的人，互相残杀！"老者仰望星空，长长地吐出一口气，"可我失败了，我始终解不开一个方程，我想尽一切办法都没用，直到高昂的出现，事情才有了转机！"

"所以你利用了他！"唐骏虽然已经不对老者抱希望了，但他依然想弄清楚事情的来龙去脉。

"没错！高昂是个化学天才，这种天赋浪费在侦破案件上，实在是太可惜了！"

"我不信高队长会帮你。"唐骏的声音冰冷而强硬。

"哈哈哈，天才都是疯子，他们眼中只有谜题！一个简单的掩饰就可以骗过他！"老者狂笑着，似乎还在为当时的行为而得意。

第一层 · 乱码

"但随后高队长却意外地出了车祸对吗？！"程峰颤抖着声音问道。

"是！他解开了谜题，却没来得及告诉我答案。"老者的脸色变得狠戾起来，"可我不会失败！没有人可以阻止我！"老者的身体忽然挺拔起来，他苍老的脸庞染上了些许病态的红润，"他肯定留下了什么！所以我接近赵云平，这个他最欣赏的徒弟！你知道他为什么头痛吗？那就是我给他种下的心魔！"

"但你依然没有得到配方对吗？"唐骏冷声问道。

"对！我没想到高昂竟然把秘密隐藏得这么深，连他最心爱的徒弟也没有告诉。"老者来回踱着的步子越来越快，一块不起眼的石头，竟在他的踩踏下裂成了两半，可唐骏却丝毫没有察觉，"于是我又开始找各种专家，但都以失败告终，我没有放弃，我成立了一系列高科技公司，希望有朝一日能完成我的心愿。后来我查到任晓秋是他的女儿，我便开始了对她的监控，只要有一线希望，我就会追查到底！可没想到她也出车祸死了，还死得那么蹊跷，和她爸爸一样！这里肯定有什么原因！所以我才策划了后面的一切！"

"够了！"唐骏双眼欲裂地瞪着老者，"你为了报仇，就要拉着所有人陪葬，你知不知道，那些因你的毒品而死的人几乎都是无辜的！都是一个个普通人！"

⑮ 因果

"这都是他们逼我的！"老者的怒吼响彻净月湖上，"这个世界对那些渣滓太过宽容了！他们不配活着，不配为人！他们是畜生！畜生！"

唐骏心中的怒火被彻底点燃，他的双拳兀自握起，他突然明白了，面对一个意图毁灭世界的疯子，除了暴力，别无他法。可令唐骏没想到的是，他刚靠近老者，就看到一道寒光朝着他的咽喉刺来！

唐骏瞬间看到了寒光的来源，那是一把剑，一把锋利至极的手杖剑！唐骏本想用手去拍，可他惊讶地发现，这一剑气势惊人，根本无法阻挡。他刚翻身躲过，那剑就似游龙般追刺过来，老者的身法变得矫健至极，丝毫没了方才那般颓败的模样。

一时间寒光飞舞，唐骏被老者一阵抢攻逼得手忙脚乱。

"小心！"程峰大声提醒着，唐骏向右一闪，一掌劈在了老者的手腕上。但他震惊地发现，自己的手像劈在了一块石头上，老者手中的剑丝毫没有松动！

霎时间，剑锋再次向唐骏胸口刺去。唐骏这次不再躲闪，身形一闪便绕过剑锋向老者冲去，随即踢向了老者的小腹。

没想到老者根本没有躲避，而是硬接下了唐骏势大力沉的一脚！

巨力之下，老者却只是倒退了半步。一只小巧的针管，

第一层 · 乱码

从他身上滑了出来摔碎在地上,碎片上残存的液体在月光下散发着幽幽的蓝光。

与此同时,老者的剑锋也划过了唐骏的手臂!

"原来是靠这个!你和那些瘾君子有什么不同?"鲜血顺着唐骏的胳膊淌下,这一剑伤口颇深,唐骏一侧的手臂几乎无法抬起。他嘴上嘲讽着老者拖延着时间,却也暗自为自己的轻敌懊悔不已。现在他才明白,老者之前的长篇大论都是在等待药物生效!

"别把我和那些渣滓相提并论!"老者的眼中杀意滔天,原本苍老的面庞,此时已经布满了粗胀的血管。

老者一个箭步冲到程峰身边,剑锋一立,抵在了程峰的胸口上。唐骏心中一惊,却已经来不及阻拦。

"告诉我!是不是赵云平发了邮件,高昂就能不死!不然死的就是他们!"老者原本瘦弱的身体,此刻几乎粗壮了一圈。那明亮的剑锋在程峰和赵云平的胸前来回游走着。

"可笑,竟然还想摧毁全世界!我真的不知道你是为了什么!"唐骏一边回答,一边缓慢地调整着自己的姿势寻找机会,"就算赵队长死了,高队长也绝不可能在本世界复活!"

"唐骏!!!别管我们!你一定要阻止这个老贼!千万不能让高队长复活!!!"程峰声嘶力竭地呼喊着,他猛地坐起来死死地抓住了老者的手腕,"如果高队长被复活了,

⑮ 因果

其他世界的老贼就会得到配方,那么只要通过这个世界的服务器发送邮件,这个老贼就也能得到!"

"程峰,你找死!"老者眼中寒芒一闪,细长的剑锋猛地插进了程峰的胸口。

噗!一口鲜血从程峰的口中喷了出来!!

"不!"唐骏嘶吼着,一种从未有过的感觉爬上了他的心头,痛苦而煎熬!

"唐……唐骏!记……记住我的话!"程峰的脸色突然变得红润起来,他使出最后的力气想要抢夺老者手中的利剑,可最终只扯断了老者腕上的佛珠。

一颗颗佛珠撞击在鹅卵石上发出的声响,仿佛生命最后的悲歌。

程峰倒下了。他没有闭上眼,而是冷冷地望着天空。他的瞳孔涣散,却好像与这天地融为了一体。一滴泪水从他的眼角滑落,但已经没有人能知道那滴眼泪是为谁而流。

"去陪你的任晓秋吧!"老者狞笑着拔出剑,"我很快就会知道答案的!"说罢,他提剑朝唐骏冲了过去。

唐骏再无保留地与老者缠斗在了一起,虽然唐骏的动作奇快无比,拳重腿沉,但注射了药物的老者,却似没有痛觉一样,任唐骏如何踢打,不但没有减少攻势,反而越战越勇。寒光闪处,鲜血四溅,几个照面之后,唐骏身上已经多了许

第一层·乱码

多血淋淋的伤口。

就在这时,昏睡已久的赵云平缓缓地从地上爬了起来,他看着程峰死不瞑目的双眼泪流满面。片刻之后,他挣扎着捡起身边的枪,颤抖着对准了远处的老者。

就在他即将完成瞄准的时候,老者突然察觉到了身后的危险。他拧身几步便冲到了赵云平的身前,一脚踢飞了赵云平的手枪。

"混蛋!!!原来一切都是你做的!"失去手枪的赵云平并没有退缩,他发疯似的攻击着老者。其实在半梦半醒之间,他就从老者的话中明白了一切。

没有人能理解赵云平此刻有多痛苦,他不要命地与老者进行着缠斗,可他哪里是老者的对手,只三四个回合,便已险象环生。

此时唐骏也冲了上来,和赵云平一起,堪堪地抵挡住了老者的攻击。

"赵云平,复活高昂不是你一直以来的心愿吗?"老者躲过唐骏的腿击,一拳把他击退,"如果他真的复活了,最该感谢我的人就是你!"

"住口!"赵云平合身冲了上去,"我师父是警察,就算他活过来也只会想方设法抓住你!"

老者一剑斜刺过去想将赵云平逼退,没想到他却依旧不

⑮ 因果

闪不避地冲了过来。就在赵云平即将被剑锋刺穿的时候,老者却把剑锋轻轻一歪避了过去。唐骏的话让他心中有了顾忌,他害怕那只是一个激将法,他害怕赵云平如果死了,真的会影响到高昂的复活。

时间一秒秒地过去,老者的耐性到达了极限,他明白自己一切力量的源泉,都来自那针管中的药物,时间拖得太久,他将必败无疑。老者心中发狠,对唐骏的攻势越来越猛烈,紧逼之下,赵云平得到了喘息的机会,他看准时机,翻身来到老者身后,捡起手枪再一次对准了老者。

药物的刺激下,老者的反应速度已经超越了常人的范畴,他再次感知到了危险的来袭,使出全力将唐骏击倒在地,回身一剑刺向赵云平的手腕,那剑来得太快太急,赵云平来不及躲闪,便被一剑穿掌,剑锋一转,刺进了赵云平的右胸!手枪也掉在了地上!

"别找死!"老者恶狠狠地瞪着赵云平,不远处的唐骏已经满身鲜血。老者有足够的自信,在几个回合之内把他彻底解决掉,可赵云平却用双手死死地攥着剑身,一时间竟让老者无法将剑拔出。

就在这千钧一发之际,赵云平强忍疼痛把地上的枪一脚踢出,而唐骏则一个翻滚,将枪抓在手里,对准老者扣下了扳机。

枪声再次响起,三条喷涌而出的火舌射向老者!

第一层·乱码

老者拼尽全力想要躲闪，可终究还是没能躲过。两蓬血雾在他背后绽放出来。

周围瞬间安静了，只剩下了痛苦的呻吟声和粗重的喘息声。

老者不可思议地转头看向唐骏，失败的念头第一次爬进了他的大脑，他还想要挥剑，却再也使不出半点儿力气。

唐骏脚步踉跄地朝他走来，老者想要说话，却喷出一口鲜血，直挺挺地倒在了地上。

黑黢黢的枪口还在冒着烟，唐骏来到了赵云平的身前。

"别管我！小心！"赵云平急切地指了指老者，唐骏点点头，把手掌贴在了老者的脖子上，若有若无的心跳让唐骏彻底放下心来。

"放心吧，两枪都是致命伤，"唐骏把赵云平扶到身上，"可能他注射的药物太过猛烈，所以现在还死不了。"

"那就好。"说话间，又一口鲜血从赵云平的嘴角流了出来，唐骏低头查看着他的伤势，老者的那一剑虽然刺入了他的右胸，好在伤口不深，只要处理及时，就不会有生命危险。

"我没事……去看看程峰……"赵云平痛苦地指了指远处的程峰。

唐骏面色阴沉地向程峰走去，每走近一步他的心就沉下一分。最后，程峰那已经扩散的瞳孔给了他最不想要的答案。他蹲在程峰身边，颤抖地为他合上了眼睛。

15 因果

"一点儿希望都没了吗?"赵云平看着唐骏痛苦的表情,剧烈地咳嗽起来。

"师父,程峰牺牲了……"唐骏回到赵云平身边,继续给他处理着伤口。赵云平颓然地倚在唐骏身上,这段时间的往事不断涌上心头,"唯有牺牲者的热血才能阻止罪恶吗?程峰也是,师父也是……"泪水再次涌出了赵云平的眼眶。

很快,他又把目光落在了老者的身上。此时的老者已经面若死灰地侧躺着,正看向旁边。

"这个老怪物一死,那配方将被彻底遗忘。"唐骏似是卸下了万千重担一般。

"那就好,只要……"赵云平的话戛然而止,因为他看见了老者的眼神。二十年的刑侦经验,让他轻易地从老者的眼中捕捉到了一种叫窃喜的味道。赵云平顺着老者的目光看去,却是自己的手机躺在地上。

一丝不安的念头,让赵云平的呼吸急促起来!

"快!快!"赵云平颤抖着用手指向手机,"唐骏……快……快把那个手机拿过来!"

"怎么了师父?"唐骏不敢耽搁,急忙把手机捡回来递给了赵云平。

赵云平来不及回答,他慌张地打开手机,同时唐骏也似乎明白了什么,他的脸色也变得难看起来。

第一层 · 乱码

　　手机屏幕上,一封邮件静静地躺在已发送的邮件箱里。
　　"师父,千万不要去,不然你会死!!"
　　收件人:高昂
　　发件人:赵云平
　　……
　　肆无忌惮的笑声响了起来,老者如垂死的野兽般狂笑着。
　　"心愿已了啊!!!"老者枯灰色的脸色回光返照般红润起来,他努力地撑起身体,"这是天意!你们谁也阻挡不了!!!"
　　"啊!!!"唐骏的情绪彻底失控了,他发疯似的用双手把老者的身体提了起来,"混蛋!!你毁灭了整个世界!难道只是为了报仇吗?!"
　　老者诡笑着看着唐骏,他的手搭上了唐骏的手腕,那枚戒指正在他的手指上闪闪发光。老者的双眼慢慢转向戒指,释放出了最后一道凶光!
　　"闪开!"赵云平怒吼一声,奋力挣扎着站起来,用自己的身体把唐骏撞开并压在了下面。
　　巨大的爆炸声伴随着一阵强光,释放在了净月湖的上空。
　　强大的冲击波,将唐骏和赵云平一起轰飞了出去。高亢的嗡嗡声让唐骏暂时失去了听觉,刺鼻的酸苦味灌满了他的鼻腔。冲击波过后,他才慌张地爬了起来,目瞪口呆地看着眼前狼藉的一切。

⑮ 因果

"师父!"唐骏大声呼喊着,终于在一块巨石旁边找到了赵云平。此时的赵云平已经没了人形,巨大的爆炸力,摧毁了他一切的生机。

"师父!坚持住!我一定救你!!!"唐骏痛苦地把赵云平抱在怀里,赵云平却已经连眼都睁不开了,他那焦黑的嘴唇上下张合着,似有什么事情要交代,唐骏赶紧把耳朵贴了上去。

"小唐……别……别忘了……自己的……使……命……"

那张嘴再也没有发出声音,这条世界线也终于没有了危险,一切却仿佛被黑夜吞噬了。

……

流动的湖水,把西斜的月光剪成了一块块碎影。

一条金黄色的粉尾鱼从湖中心游了回来,被一只从石头上伸出的大手捞出,放进了一个矿泉水瓶子里。

那只大手把瓶子对准了月亮,瓶中晃动的虚影让大手的主人泪眼婆娑,他是唐骏,一个刚刚经历过生死的伤心人。

唐骏把瓶子收回来放在了石头上,在他身后的地面上,擦洗干净的赵云平和程峰静静地躺着,仿佛睡着了,而在他们中间,摆着一把断掉的手杖剑。

湖水轻轻拍打着巨石,唐骏颤抖着手,掏出了一盒皱巴巴的烟,火苗冒出,一丝烟雾顺着唐骏的嘴角飘了出来。

这是他第一次抽烟,他曾不理解为什么赵云平会如此痴

第一层·乱码

迷这呛人的味道，而这一刻，他懂了，是因为守护者的孤独。

作为时空的守护者，他见过太多的爱恨情仇和生死离别。他觉得那些只不过是无垠的时间长河里的一粒沙，一点尘，随风来，随风去。

可当那些对自己很重要的人，从自己身边一个个消失，化成光影，化成泪水，最终会裹挟着那些沙尘，慢慢堆积，堆积成一座不忘山，堆积成一座时间塔。

没有人可以摧毁这座时间的高塔，因为只要世界还有爱，还有人懂得牺牲，懂得生命的意义，这高塔就会是永恒的存在。

远处，隐约传来了陪伴唐骏二十年的警报声，他跳下石头，把那个瓶子放在了程峰的手里。

唐骏走了，他和黑暗融为一体，他没有回头，因为他的使命还没有完成，还有亿万个生命因为高昂的复活在等待着他去拯救。

他的脸上没有泪水，只剩下对另一个世界的憧憬，因为他知道在另一个世界，还有另一个程峰和赵云平在等着他。

或许，他们再见时，各自已经变换了身份。

或许，他们再见时，他们已互不相识。

或许，所有的结束，都只为一个全新的开始。

或许……

（全文终）

聚合文人，共享智慧

本部小说是剧派网以共同创作模式推出的首部影视IP同名作品，历时一年，由知名影视编剧团队搭建故事主线，以故事接龙的形式由400位作家PK创作产生。剧派网成立的目的就是：汇聚大家的智慧，创作出优秀的文学作品；通过共同创作，相互学习，培养出杰出的作家和编剧。

——剧派网创始人 武卫民